文化意義

南洋印記及其

南洋與張愛玲

著

《詩經》上有一首詩……我唸給你聽：
「死生契闊，與子相悅；執子之手，與子偕老。」 ——〈傾城之戀〉

從小說到劇本的異域書寫，張愛玲與南洋千絲萬縷的關係……

散文寫真手法 × 毛姆影響 × 作品文類研究 × 殖民文化省思

張學研究另闢蹊徑，文本詮釋南洋情結！

目錄

目錄

總結

參考文獻

《詩經》上有一首詩……我唸給你聽:

「死生契闊,與子相悅;執子之手,與子偕老。」

——〈傾城之戀〉

前言

張愛玲本人從沒到過南洋，為什麼她的文章會出現中國 ── 西方 ── 南洋多元綜合文化之特徵呢？為何她對南洋會如斯熟悉？到底為什麼她又頻頻寄情於此呢？她的「內在動力」是什麼？是不是有目前不為人知的原因呢？

▓ 有語似夜行車

著名學者夏志清在《中國現代小說史》[001] 裡，曾給予張愛玲這樣的榮譽：

對於一個研究現代中國文學的人說來，張愛玲該是今日中國最優秀最重要的作家。僅以短篇小說而論，她的成就堪與英美現代女文豪如曼斯菲爾（Katherine Mansfield）、波特（Katherine Anne Porter）、韋爾蒂（Eudora Welty）、麥卡勒斯（Carson Mc Culler）之流相比。……多少年來，她只以一本書出名：短篇小說集《傳奇》，其內容大多有關上海中上階級的生活以及中日戰爭時期香港的情形。

而張愛玲的《金鎖記》，也被夏志清評為「中國從古以來最偉大的中篇小說。」

---

[001] 夏志清：《中國現代小說史》香港：友聯，1979；香港中文大學，2001，2015，第 293 頁。

前言

　　從此，張愛玲比她 40 年代在上海紅極一時的時候，更加引人矚目。她的讀者、研究者數目之增長，已成了一種自然現象 —— 甚至衍生出「張學」來 —— 似乎有跟「紅學」分庭抗禮的跡象。她的讀者眾多這個事實，可以從《小團圓》在 2009 年出版的受歡迎程度來證明 ——《小團圓》初版日期為「2009 年 3 月」，但在短短一個月後，已達九刷 [002] —— 不可謂不驚人。

　　「張學」即已成顯學，這些年來的研究成果，也收穫甚豐 —— 學者們傾力而出，貢獻良多。各式各樣的研究差不多都有了，「文獻目錄」越來越長。有學者撰文，特地研究「張愛玲研究」的「方向」與「關鍵字」而已。張愛玲研究的關鍵字當然不勝列舉：包括：「生平」、「創作」、「文學」、「藝術」、「電影」、「翻譯」、「上海」、「女性」、「歷史」，甚至「書信」、「朋友」。

　　但是大家可以注意到，在這個「名單」中，是沒有的「南洋」這個字眼的。「華僑」也沒有。所以，很多讀者看到《南洋與張愛玲》這個題目，大概會感到詫異。郁達夫曾翩翩來儀，留跡南洋 —— 這個事實許多人都知道 —— 如果有人費筆墨寫一本關於「南洋與郁達夫」，那也應該理所當然。但是，著名上海女作家張愛玲 —— 從沒到過南洋 —— 她又怎

---

[002]　張愛玲：《小團圓》臺北：皇冠，2009，卷末，出版商資料。

能與南洋扯上關係呢？這裡面又有什麼道理？

千真萬確──南洋與張愛玲的創作生涯，真是不折不扣的關係密切。在張愛玲的小說中，她用支筆，或描寫或塑造或提及──南洋的人物事蹟、風土人情、形象符號──比比皆是，躍然紙上。而以南洋人物為主角的，至少就有兩篇，而且還是很經典的代表作。在她的散文、電影劇本，與自傳小說（或說是小說自傳）（詳情請見第四章），南洋人物的「出現率」也是頗高。在此書中，我這個「南洋內部知情人」就試圖沿著張愛玲的（1）小說；（2）散文；（3）電影劇本，與（4）自傳小說／小說自傳，來探討南洋與張愛玲之間那剪也剪不斷的特殊關係吧。

在第一至第四章，我從上面提及的張愛玲的各種文類中，客觀篩選出其中所包含的南洋元素與情結之書寫，然後以具體例子為基礎，從中「看張」，考釋與張愛玲自我文字世界，水乳交融，熱鬧打成一片之「南洋現象」──以了解其內涵淵源。但是，因為張愛玲目光下的南洋，有時也會與「道地南洋」有些出入，所以此書也會在必要之處透過顯微鏡，來比較張愛玲書寫中，自己的「南洋經驗」與「現實南洋」之間的區分與異同，試圖尋找其中規律。

另外，更需要進一步解析的問題就是：張愛玲本人從沒到過南洋，為什麼她的文章會出現中國──西方──南洋

前言

多元綜合文化之特徵呢？為何她對南洋會如斯熟悉？到底為什麼她又頻頻寄情於此呢？她的動因與「內在動力」是什麼？是不是有目前不為人知的原因呢？這些，都是第五章迫切需要尋根究底與回答的謎團。

在最末第六章 —— 一切塵埃即已落定 —— 也就到了為張愛玲所謂的「南洋書寫」定位的時候了。張愛玲，這位中國文壇很有分量的作家之「南洋書寫」，在中國文學史上有沒有重要價值？可有意義？其中也論及這些南洋書寫與寫實主義、與後殖民地主義之間的掛鉤。

此書前身，本是一篇 2014 年發表於《香港文學》（第 360 期），題目叫〈南洋與張愛玲：略談張愛玲小說與散文中的南洋情結〉之中篇文章。後來擴展為碩士學位論文。因文章備受學者、研究生所引，以為有用，過後就決定再度披星戴月、長篇闊論，寫成此書。

在這過程中，除了磨難人許久的「如切如磋，如琢如磨」，有時在顧盼之間，也會如同見到張愛玲在她從前小公寓的書桌前書寫。桌燈下，朵雲軒的蔥紙上，一方塊一方塊地出現了細絲如芯的 ——「南洋」、「馬來亞」、「新加坡」、「華僑」、「橡膠大王」、「咖哩」、「沙籠」—— 這樣的字眼。張愛玲的面容，有時嚴肅，有時悲憂，但有時也會忍不住「噗哧」一聲，駭笑了起來。但是，到底夜已深了，冷。最後，剩下

的也只是完全的等待。完全的無奈。她終歸在白瓷杯沿吻一下，呷了口熱茶。是該睡了。安安穩穩地。

這裡以詩為念：

花瓶前

一杯杏仁茶

冒著煙

甜甜地苦

燈光下

一把東凌玉

散冷香

寒寒地綠

此為前言。

夏蔓蔓

前言

第一章
小說：黃梅雨中的南洋華僑

　　在經典作品《紅玫瑰與白玫瑰》與〈傾城之戀〉裡，不但故事的主角 —— 南洋紅玫瑰王嬌蕊與多金浪子范柳原 —— 皆為南洋華僑，文字裡也描繪了大量的南洋日常生活裡的人事物。在這方面，張愛玲運用了她細緻入微的觀察力，栩栩如生地寫真了很多南洋形象與意象。

筆尖創世記：張愛玲南洋風味小說簡介

很多讀者看到「南洋與張愛玲」這個題目時，在感到詫異之際，大概也會納悶地說：「不會吧！名聲赫赫，沒到過南洋的上海女作家，怎能與南洋扯上關係呢？簡直沒聽說過！你說的是郁達夫吧？」

不。確實是真的。南洋在張愛玲的創作生涯，實是息息相關、環環相扣的。在張愛玲的小說中，以南洋人物為主角的，至少就有兩篇，而且還是很經典的代表作。就算不是以南洋人為主的小說，張愛玲也有多處以南洋人物、生活背景、風土人情，或特殊情調之描寫，來襯托著故事主旋律。在這裡，我就沿著張愛玲含有「南洋書寫」元素的小說，來探討南洋與張愛玲之間那剪也剪不斷的特殊關係吧。

張愛玲小說裡之「南洋書寫」

在張愛玲的小說作品中，當今最受學術界推崇的，除了《金鎖記》[003] 以外，再來大概無論如何也不能不提《紅玫瑰與白玫瑰》與〈傾城之戀〉了 [004]。這三篇小說，皆是張愛玲在

---

[003]　《金鎖記》被夏志清譽為「中國從古以來最偉大的中篇小說。」《中國現代小說史》香港：友聯，1979；香港中文大學 2001、2015，第 293 頁。

[004]　夏志清在《中國現代小說史》（見注 1）也高度評價〈傾城之戀〉與其他收錄於《傳奇》的短篇小說集：「多少年來，（張愛玲）只以一本書出名：短篇小說

四十年代，創作力最豐沛的時期寫下的。以現代人為主角的《紅玫瑰與白玫瑰》與〈傾城之戀〉，更是大受大眾讀者歡迎，後來還被改編為同名的電影[005]。這兩部故事引人入勝之處，也許是在於張愛玲對男女之間那種撲朔迷離又牽涉了激烈心理交戰的錯縱關係，有著別緻、生動的描寫吧。但是如果可以撥開情節布局之重重迷霧，進一步窺探故事主角的背景的話，應該不難發現《紅玫瑰與白玫瑰》裡的「迷情紅玫瑰」與〈傾城之戀〉裡的「心機浪子」，皆是南洋華僑出身。

《紅玫瑰與白玫瑰》

《紅玫瑰與白玫瑰》[006]裡的一段開場白，可能因為說到很多人的心上，現已成經典。這一段文字是這樣的：

振保的生命裡有兩個女人，他說的一個是他的白玫瑰，一個是他的紅玫瑰。一個是聖潔的妻，一個是熱烈的情婦——普通人向來是這樣把節烈兩個字分開來講的。也許

集《傳奇》，其內容大多有關上海中上階級的生活以及中日戰爭時期香港的情形。」（第293頁）

[005] 1984年8月2日上映，改編自張愛玲小說〈傾城之戀〉的電影，由邵氏兄弟（香港）有限公司，Shaw Brothers (Hong Kong) Ltd出品，Nicolas Hippisley-Coxe製作，許鞍華執導，周潤發與繆騫人主演。由金韻電影有限公司出品，關錦鵬執導，陳沖與趙文瑄主演的《紅玫瑰與白玫瑰》，則於1994年12月10日在香港首映。

[006] 張愛玲：《傾城之戀——張愛玲短篇小說集之一》臺北：皇冠，1991，第52-97頁。

每一個男人全都有過這樣的兩個女人，至少兩個。娶了紅玫瑰，久而久之，紅的變成了牆上的一抹蚊子血，白的還是「床前明月光」；娶了白玫瑰，白的便是衣服上沾的一粒飯黏子，紅的卻是心口上的一顆硃砂痣[007]。

這裡提到的振保，是一位從英國愛丁堡學成歸來的工程師。而他生命中的兩個女人，一個是他沒感情、「應該娶」、最終也娶了，但以「飯黏子」收場的中國清淡白玫瑰孟煙鸝；另一個則是他極喜歡、很對他胃口，但充滿危險性與未知，他最終放棄卻永遠念念不忘的「心口硃砂痣」，南洋風情紅玫瑰王嬌蕊。

佟振保雖然唸書時在外國沾了洋墨水，但卻是個處處流露傳統中國思想的男子——他勤奮好學（所選科系是腳踏實地的紡織工程，考試成績優異，畢業了馬上趕回上海紡織廠就職），對母親孝順（白玫瑰是母親之選），對家人盡責（千方百計讓弟弟進入廠裡設置的專門學校），就連對朋友，張愛玲也說「誰也沒有他那麼熱心、義氣、克己」。

但是在私底下，他喜歡的女人是「熱的女人」，「放蕩一點的」——一種在振保的人生觀裡，認為「娶不得」的女人——這裡指的大概就是那種傳統觀念中，不屬於賢妻良母型的女子了。因為抱著這樣的態度和觀點，振保在英國唸書

---

[007] 張愛玲：《傾城之戀——張愛玲短篇小說集之一》臺北：皇冠，1991，第52頁。

時，就算是迷上了一個中英混血的美麗女孩，也還「管得住自己」，硬著心腸把感情切斷了。但他終栽在王嬌蕊這個南洋奇女子的手裡——不能自拔地陷了進去，心裡起了前未有過的衝突與矛盾。其實王嬌蕊是振保之前在愛丁堡的學長王士洪的太太。因為振保在他們上海的公寓租了一間房，所以就一起同住在一個屋簷下。

且看在張愛玲筆下的王嬌蕊到底是怎麼樣的一號人物。

張愛玲說她「好像是新加坡的華僑」[008]，而且年紀尚小已被家人送到英國讀書，後來又進了倫敦大學讀書。雖然同是出國留學，她唸書的目的卻與振保大大不同——屬於玩票性質——是「為了嫁人，好挑個好的」，在倫敦她不忙著讀書卻忙著當「交際花」。從這幾點看來，嬌蕊新加坡的家族，應該是很有閒錢，無須等她開飯的。嬌蕊嫁的士洪，也是所謂的「多金少爺」。他們在大學研讀的是什麼，張愛玲提也不提——因為不重要——嬌蕊畢業後就留在家裡做少奶奶，士洪也好像不是上班族，可以幾時想從上海飛往新加坡做生意就幾時去。

在藝術形象上，振保第一次看到的王嬌蕊，看來是個來自赤道、熱烈的洋派女子：

---

[008] 張愛玲這句話裡的「好像」這兩個字，很耐人尋味。二戰前，張愛玲寫這篇故事時的新加坡，並不是個獨立的國家，而是與馬六甲與檳城二地，組成的英屬「海峽殖民地」(The Straits Settlement)。

聞名不如見面……臉是金棕色的，皮肉緊緻，繃得油光水滑，把眼睛像伶人似的吊了起來。一件條紋布浴衣，不曾繫帶，鬆鬆合在身上……一條一條、一寸寸都是活的……振保也不知想到哪裡去了。

……頭髮燙得極其捲曲，梳起來很費力，大把大把撕將下來……。[009]

一次下班回家，又看出嬌蕊對轟轟烈烈的、有點像法國野獸派大畫家亨利·馬諦斯（Henri Matisse）[010] 表現強烈裝飾感、用色大膽豔麗、富南國情調的油畫情有獨鍾：

振保謝了她，看了她一眼。她穿著的一件曳地長袍，是最鮮辣的潮溼的綠色，沾著什麼就染綠了。她略略移動了一步，彷彿她剛才所占有的空氣上便留著個綠跡子。衣服似乎做得太小了，兩邊迸著一寸半的裂縫，用綠緞帶十字交叉一路絡了起來，露出裡面深粉紅的襯裙。那過分刺眼的色調是使人看久了要患色盲症的。也只有她能夠若無其事地穿著這樣的衣服[011]。

又一夜，振保在公寓燈光下再次見到的嬌蕊，衣著卻換成是南洋格調的了：

---

[009] 張愛玲：《傾城之戀——張愛玲短篇小說集之一》臺北：皇冠，1991，第59-60頁。
[010] 1869-1954。
[011] 張愛玲：《傾城之戀——張愛玲短篇小說集之一》臺北：皇冠，1991，第65頁。

不知可是才洗了澡，換上一套睡衣，是南洋華僑家常穿的沙籠布製的襯褲，那沙籠布上印的花，黑壓壓的也不知是龍蛇還是草本，牽絲攀藤，烏金裡面綻出橘綠……

她扭身站著，頭髮亂蓬蓬的斜掠了下來，面色黃黃的彷彿泥金的偶像，眼睫毛低著，那睫毛的影子重得像個小手合在頰上 [012]。

振保被她的「成熟婦人的美」攝去魂了。但在這個階段，他雖是「看呆了」，但像之前在英國一樣，是可以克己的。但這位南洋小姐，好像比從前那位中英混血美人，更多了點什麼。她雖在性格上也一樣是「不拘束」（有客人在，也照樣坦蕩蕩地穿浴袍），但似乎更會交際說笑，一張嘴很是了得。振保這樣讚她：

振保又笑了起來說：「王太太說話，一句是一句，真有勁道！」[013]

振保兄弟和她是初次見面，她做主人的並不曾換件衣服上桌吃飯，依然穿著方才那件浴服，頭上頭髮沒有乾透，胡亂纏了一條白毛巾，毛巾底下間或滴下水來，亮晶晶綴在眉心。她這不拘束的程度，非但一向在鄉間的篤保深以為異，便是振保也覺稀罕。席上她問長問短，十分周到，雖然看得

[012] 張愛玲：《傾城之戀 —— 張愛玲短篇小說集之一》臺北：皇冠，1991，第69頁。
[013] 張愛玲：《傾城之戀 —— 張愛玲短篇小說集之一》臺北：皇冠，1991，第62頁。

出來她是個不善於治家的人，應酬功夫是好的。

跟夫婿士洪在客人面前，這個「王太太」更是像熱戀的情人一樣開玩笑，一點也不避諱——把諸子的勸告，三從四德什麼的，一併拋到九霄雲外，看得旁人不好意思起來：

士洪把臉湊下去道：「在那裡？」王太太輕輕的往旁邊讓，又是皺眉，又是笑，警告地說道：「噯，噯，噯，」篤保是舊家庭裡長大的，從來沒見過這樣的夫妻，坐不住，只做觀看風景，推開玻璃門，走到陽臺上去了[014]。

而且也許她不是刻意在誘惑誰，而是出自於自然的性格，所以就少了份猥瑣了——張愛玲說振保就是被她「嬰兒的頭腦與成熟的婦人的美」這種「最具誘惑性的聯合」，「完完全全地征服」的。我想，張愛玲這裡所說的「嬰兒的頭腦」，並不是指她傻（她有倫敦大學文憑），而是一種不存壞意、不藏世故的、帶著點痴傻、耿直的「child-like innocence」似的赤子之心。

張愛玲對嬌蕊家裡帶著南洋風的菜餚，與嬌蕊一種特別的、亦中亦西亦南洋之生活習慣也做出了描繪。在吃方面，張愛玲指出：

王家的飯菜是帶點南洋風味的，中菜西吃，主要是一味

---

[014] 張愛玲：《傾城之戀——張愛玲短篇小說集之一》臺北：皇冠，1991，第62頁。

咖哩羊肉[015]。

這裡張愛玲所說的「西吃」，大概就是用西式的盤子刀叉來吃。但因為怕胖，咖哩她給丈夫吃，自己只吃「薄薄的一片烘麵包，一片火腿，還把肥的部分切下來分給她丈夫」。她吃下午茶是「西洋奶茶、酥油餅乾與烘麵包」，用的茶具也是西式的茶壺配杯子盤子，而振保喜歡的卻是東方的清茶：

她道：「進來吃杯茶麼？」一面說，一面轉身走到客室裡去，在桌子旁邊坐下，執著茶壺倒茶。桌上齊齊整整放著兩份杯盤，盤子裡盛著酥油餅乾與烘麵包。……嬌蕊問道：「要牛奶麼？」振保道：「我都隨便。」嬌蕊道：「哦，對了，你喜歡吃清茶，在外國這些年，老是想吃沒得吃，昨兒個你說的。」[016]

另外，張愛玲在小說裡也提及嬌蕊下午茶的時候，從櫃子拿出了玻璃罐裝的「花生醬」——大概是想抹在「烘麵包」上吃。雖然花生在中國很普遍，在民間可能也曾經有人把它製成「芝麻醬」那樣的醬料，但在三、四十年代把花生製成可耐久的、可收在碗櫥的罐頭，用來抹麵包，應是源於西洋的作法，在當時應該算是前衛的了——來自英屬殖民地的新加

[015] 張愛玲：《傾城之戀——張愛玲短篇小說集之一》臺北：皇冠，1991，第61頁。

[016] 張愛玲：《傾城之戀——張愛玲短篇小說集之一》臺北：皇冠，1991，第65頁。

坡華僑，王嬌蕊，可能是深深地受了洋風感染：

> 嬌蕊放上茶杯，立起身，從碗櫥裡取出一罐子花生醬
> 來，笑道：「我是個粗人，喜歡吃粗東西。」振保笑道：「哎呀，
> 這東西最富於滋養料，最使人發胖的！」[017]

痱子粉

在個人生活用品方面，故事裡也暗示了王嬌蕊有常用風
行南洋的「痱子粉」之習慣：

> 剛才走得匆忙，把一隻皮拖鞋也踢掉了，沒有鞋的一隻
> 腳便踩在另一隻的腳背上。振保只來得及看見她腳踝上有痱
> 子粉的痕跡……[018]

這痱子粉（prickly heat powder）不用於臉上，而是洗澡

---

[017] 張愛玲：《傾城之戀 —— 張愛玲短篇小說集之一》臺北：皇冠，1991，第
66頁。

[018] 張愛玲：《傾城之戀 —— 張愛玲短篇小說集之一》臺北：皇冠，1991，第
69-70頁。

後撒一些在身體上，不但香噴噴，在人人「香汗淋漓」的南洋地區或寒帶的夏天也會帶來清涼，又可殺菌防痱子。這是因為跟爽身粉（talcum powder）不同，痱子粉除了滑石粉／石膏粉以外，還含香草精油（如薄荷、樟腦、薰衣草）與三氯卡班（triclocaban）等藥用物。當今東南亞最著名的痱子粉，乃為泰國製造的「蛇標」痱子粉。

在語言書寫方面，雖然張愛玲的小說是用中文寫出來的，但故事裡的嬌蕊，應該是用英語跟士洪、振保交談。士洪是這樣笑她的：

你別看她嘰哩喳啦的 —— 什麼事都不懂，到中國來了三年了，還是過不慣，話都說不上來。[019]

華語說不上來，那麼中文書寫更是不行也是意料之中了，會的也只是歪斜的名字：

王太太卻又走了過來，把一張紙條子送到他跟前，笑道：「哪，我也有個名字。」士洪笑道：「你那一手中國字，不拿出來也罷，叫人家見笑。」振保一看，紙上歪歪斜斜寫著「王嬌蕊」三個字，越寫越大，一個「蕊」字零零落落，索性成了三個字，不覺噗哧一聲。士洪拍手道：「我說人家要笑你！你瞧！你瞧！」振保忍住笑道，「不，不，真是漂亮的

---

[019] 張愛玲：《傾城之戀 —— 張愛玲短篇小說集之一》臺北：皇冠，1991，第61頁。

名字！」士洪道：「他們那些華僑，取出名字來，實在是欠大方。」[020]

那麼說，王嬌蕊是不是對中國文化一竅不通呢？卻也不是。她對中國文化，獨一無二、寶貴的「食療」養生之道之了解與相信，可又比士洪這個「當地人」更加深厚了：

士保笑道：「他們華僑，中國人的壞處也有，外國人的壞處也有。跟外國人學會了怕胖，這個不吃，那個不吃，動不動就吃瀉藥，糖還是捨不得不吃的。你問她！你問她為什麼吃這個，她一定是說，這兩天有點小咳嗽；冰糖核桃，治咳嗽最靈。」振保笑道：「的確這是中國人的老脾氣，愛吃什麼，就是什麼最靈。」嬌蕊……說道：「你別說 —— 這話也有點道理。」[021]

從張愛玲以上關於王嬌蕊的生活文化習俗之描述看來，王嬌蕊應該不是一般的「南洋華僑」，而很可能是「峇峇娘惹」（Baba-Nyonya）[022] 家族的成員。在三、四十或更早的年代，這樣亦中亦西亦南洋的生活，在南洋也許也只有在峇峇娘惹家庭裡，才可能見到。歷史古城馬六甲是「峇峇娘惹」之源頭

---

[020] 張愛玲：《傾城之戀 —— 張愛玲短篇小說集之一》臺北：皇冠，1991，第62頁。

[021] 張愛玲：《傾城之戀 —— 張愛玲短篇小說集之一》臺北：皇冠，1991，第63頁。

[022] 關於峇峇娘惹的歷史文化之大概，目前可見 Khoo, J. Y., The Straits Chinese: A Cultural History, Amsterdam: Pepla Press, 1996。但是，能夠真正能夠做到「追根究底」的學術書籍，恐怕目前還沒有出現。

重鎮。新加坡的「峇峇娘惹」，很多又源於馬六甲 [023]。峇峇娘
惹這個少數支派，在馬六甲歷史久遠，身體裡帶著 15 世紀跟
隨鄭和下西洋船隊人員的一些血統。他們大量吸取了馬來文化
精髓，後來又因為生活在英國直接統治的海峽殖民地（由新加
坡、馬六甲與檳城三地組成），與英國人進行貿易或從事大型
種植業，家裡除了說摻了少量方言的馬來語，就是以英語為
主，會華語的屬鳳毛麟角，吃的也是馬來風味極重但獨具一格
的娘惹餐而非中餐。他們由於與英國關係密切，這一族的子女
大多送到教會學校就讀，大學則到英國去唸。偏偏峇峇娘惹家
庭對祖宗流傳下來的中國文化卻又很是執著 —— 嫁娶、過節
日等等中國古法儀式，很多還是保留了下來。這些特徵都可以
在王嬌蕊的身上找到 [024]。新加坡建國總理李光耀先生的梁姓
母親那邊的人，大概也屬於這個支派 [025]。

---

[023]　關於馬六甲的簡史，見馬來亞大學 2010 年出版，Paul Wheatley 作的 The
　　　　Golden Khersonese （ 黃 金 半 島 ）。（Wheatley, P., The Golden Khersonese,
　　　　Kuala Lumpur: University Malaya 2010）。

[024]　也還有一個可能。大約在 19 世紀左右，華僑開始大量從中國南方移民而
　　　　來。其中也有少數長袖善舞、經商致富的人物。為了生意上的應酬與其他利
　　　　益，在家裡也興起了「洋風」（比如說英語、生活習慣淨化等）。但是依我個
　　　　人看來，因為王嬌蕊的飲食習慣偏向馬來風，而這一組華僑仍以中餐為主，
　　　　王嬌蕊應該不是源於這組華僑，其實早期從中國移民到南洋，多數的華僑以
　　　　中華文化為主要生活架構 —— 不但多以華文為日常語文，生活習慣中
　　　　式，主食也為中餐。從種種跡象看來，王嬌蕊也應該不是來自這組華僑。

[025]　姓名為 Neo Ah Soon （梁亞順），見 Lee Kuan Yew, The Singapore Story (Student
　　　　Edition): Memoirs of Lee Kuan Yew, Marshall Cavendish, 2000。

峇峇娘惹茶具

　　這裡要補充一句的是，到了 21 世紀的今天，真正的與鄭和船隊血統有關的「峇峇娘惹」，已越來越難尋覓。這是因為峇峇娘惹與其他本地華人族群的界線，已有些模糊、同化的痕跡。首先，這是因為多年與他族通婚，「峇峇娘惹」的特徵，已漸漸式微。第二就是，峇峇娘惹與其他華族的經濟力量，現在已沒什分別。第三，在文化方面，早期偏於馬來風味的娘惹餐皆不外傳，但是當前食譜書籍滿天下，有心人皆能夠「客串」一招半式娘惹餐；第四，接受英文教育現在已不再是峇峇娘惹的特權了；第五，因為中國勢力漸強，現在很多人皆學華文（連馬來族也有學習的），所以峇峇娘惹群體中精通華文的，也多了幾個。有鑑於此，現在要尋找羅曼蒂克的「真娘惹」，也確實需獨具慧眼，不是這麼簡單。

　　言歸正傳。話又說到王嬌蕊這位我眼裡的「娘惹」身上。依我看，她後來所以會真愛上佟振保，是因為他是個很道

地、很傳統的中國男人（肯娶同姓王之女子的王士洪則比較洋化。悌米孫當然更是了）。一個流著華人血液、不諳華文，但聰明、有思考能力，朦朧懂得中國文化好處的娘惹，偶爾會發發鄉愁，是免不了的了。有機會的話，她當然很想褪下洋裝，穿上「暗紫藍喬琪紗旗袍」，與一個自己認為還可以愛上的、真正的中國男子漢走到街上去。

但是，當後來振保跟嬌蕊在一個梅雨的季節裡真的開始熱戀，得做出娶不娶人家的選擇，他卻發現自己的世界觀受到動搖了 —— 選擇了任性熱情的王嬌蕊，固然是順了自己之意，但卻顛覆了自己建起來的安穩小世界。後來他還是娶了冰潔傳統的煙鸝。諷刺的是，後來偷情出軌的竟是煙鸝。在一次機緣下遇到的王嬌蕊，卻反而是個帶孩子去看牙醫的盡責媽媽。但娶了嬌蕊，結局卻也未必好 —— 因為紅玫瑰也有變蚊子血的可能。

〈傾城之戀〉

如果說《紅玫瑰與白玫瑰》是個傳統中國男士與南洋華僑女子的戀愛故事，那麼〈傾城之戀〉就恰好相反了 —— 男主角是馬來亞華僑，而女的卻是個「出身望族」但卻破落了的上海離婚少婦。

〈傾城之戀〉[026] 裡三十二歲的男主角范柳原，性格背景就比王嬌蕊複雜多了。柳原雖也是顯赫南洋華僑家庭出身（父親是「著名的華僑」，而且「有不少的產業分布在錫蘭馬來亞等地」），但柳原的母親卻是個祕密結婚、沒有名分的「二夫人」，從前在倫敦是交際花。大太太應該也有點背景 —— 父親也懼她三分，始終把他們母子長久地留在英國，所以柳原「就是在英國長大的」。後來柳原的父親故世，柳原為了在法律上確定身分經過了場苦鬥，後來雖獲得繼承權，范家族人對他抱持著仇視態度。因為他的錢得來不易，可能因此養成了他精於算計的性格。這點他跟不把錢放在心上的嬌蕊是不同的。

在〈傾城之戀〉裡，張愛玲透過「徐太太」 —— 一個本來想撮合范柳原與流蘇的妹妹寶絡的「媒人」 —— 相當完整地告訴我們范柳原輝煌卻扭曲的家世：

> 徐太太對於他的家世一向就很熟悉，認為絕對可靠。……那范柳原的父親是一個著名的華僑。有不少的產業分布在錫蘭馬來西亞（筆者按：應作「馬來亞」）等處。范柳原今年三十二歲，父母雙亡。……由於幼年時代的特殊環境，他脾氣本來就有點怪僻。他父母的結合是非正式的。他的父親有一次出洋考察，在倫敦結識了一個華僑交際花，兩人祕密地結了婚。原籍太太也有點風聞。因為懼怕太太的報復，那二

---

[026] 張愛玲：《傾城之戀 —— 張愛玲短篇小說集之一》臺北：皇冠，1991，第188-230頁。

夫人始終不敢回國。范柳原就是英國長大的。他父親故世以後，雖然大太太只有兩個女兒，范柳原要在法律上確定他的身分，卻有種種棘手之處。他孤身流落在英倫，很吃過一些苦，然後方才獲得了繼承權。至今范家的族人還對他抱著仇視的態度，因此他總是住在上海的時候多，輕易不回廣州老宅裡去。他年紀輕的時候受了些刺激，漸漸的就往放浪的一條路上走，嫖賭吃著，樣樣都來，獨獨無意於家庭幸福[027]。

那范柳原的長相如何？張愛玲對他的面貌只是寥寥數字帶過，只說他「雖然夠不上稱著美男子，粗枝大葉的，也有他的一種風神」[028]。但是，張卻對柳原深沉而且多重的性格，用筆甚多。范柳原在大庭廣眾與在私底下，常常都是不同一個人。白家一行人陪寶絡去相親了一整天回來，有人問：「那范柳原原來是怎麼一個人？」三奶奶這樣回答：

「我哪兒知道？統共沒聽見他說過三句話。」[029]

但是，後來跟流蘇在一起，卻又口才一流。故事篇幅裡，兩人的對話不但非常多，而且在什麼情景下說什麼適當的話，用字遣辭，都功力非凡。例如：一日，他在細雨迷濛

---

[027] 張愛玲：《傾城之戀——張愛玲短篇小說集之一》臺北：皇冠，1991，第196頁。

[028] 張愛玲：《傾城之戀——張愛玲短篇小說集之一》臺北：皇冠，1991，第203-204頁。

[029] 張愛玲：《傾城之戀——張愛玲短篇小說集之一》臺北：皇冠，1991，第199頁。

的香港碼頭上，為從上海回到香港的流蘇接風，他說出了這樣的話：

> 他說她的綠色玻璃雨衣像一隻瓶，又注了一句：「藥瓶」。她以為他在那裡諷刺她的孱弱，然而他又附耳加了一句：「你就是醫我的藥。」[030]

怪不得連本來只為找個飯票的白流蘇，到後來也要承認「柳原是可愛的」。

再者，柳原這個來自多重文化背景的華僑，確實是個很複雜、脾氣很古怪的人。其中，在眾人前他總是表現出快樂輕浮的形象，但是，夜深人靜與流蘇獨處時，卻「變身」為苦惱的憂鬱者。「零焦點」下的張愛玲，這樣說他：

> 不知道為什麼，他背著人這樣穩重，當眾卻喜歡放肆，她一時摸不清那到底是他的怪脾氣，還是他另有作用。[031]

又一次：

> 柳原靜了半晌，嘆了口氣。流蘇道：「你有什麼不稱心的事？」柳原道：「多著呢。」流蘇嘆道：「若是像你這樣自由自在的人也要怨命，像我這樣的早就該上吊了。」[032]

---

[030]　張愛玲：《傾城之戀 —— 張愛玲短篇小說集之一》臺北：皇冠，1991，第219頁。

[031]　張愛玲：《傾城之戀 —— 張愛玲短篇小說集之一》臺北：皇冠，1991，第208頁。

[032]　張愛玲：《傾城之戀 —— 張愛玲短篇小說集之一》臺北：皇冠，1991，第209頁。

流蘇這番話，說得很出人意表 —— 她是個前途迷茫、全副身家也沒有幾個錢的離婚少婦，而柳原卻是個社會成功人士 —— 柳原的真正情況卻好像比她還更不堪 —— 這是怎麼回事？張愛玲在文中，在多處特別側重這個馬來亞華僑「新派」、甚至有點怪異的作風 —— 言下之意，除了上面所說的他仇恨的家族，似乎也把部分理由歸罪於柳原混亂的、亦中亦西亦南洋的文化源頭：

流蘇笑道：「像你這樣的一個新派人 —— 」柳原道：「你說新派，大約就是指的洋派。我的確不能算一個真正的中國人，直到最近才漸漸的中國化起來。可是你知道，中國化的外國人，頑固起來，比任何老秀才都要頑固……」[033]

在地理上，張愛玲在〈傾城之戀〉裡常提到的南洋地區為「馬來亞」與「新加坡」。從下面幾段文字，可看出范柳原想從香港到新加坡去：

徐太太雙管齊下，同時又替流蘇物色到一個姓姜的，在海關裡做事，新故了太太，丟下了五個孩子，急等著續絃。徐太太主張先忙完了寶絡，再替流蘇撮合，因為范柳原不久就要上新加坡[034]。

---

[033]　張愛玲：《傾城之戀 —— 張愛玲短篇小說集之一》臺北：皇冠，1991，第206 頁。

[034]　張愛玲：《傾城之戀 —— 張愛玲短篇小說集之一》臺北：皇冠，1991，第197 頁。

又：

流蘇含笑問：「范先生，你沒有上新加坡去？」柳原輕輕的答道：「我在這裡等著你呢。」[035]

但是，依我個人看法，柳原真正的故鄉應該不是在新加坡這個比較沒有什麼雨林的島嶼（「新加坡」二戰前屬「馬來亞」），而是在馬來亞半島內陸其中一州屬。從文字看來，他常常強調他對「馬來亞」這片土地似乎有很深厚的感情（他想帶流蘇回去馬來亞的「自然」），也好像深知「馬來亞」熱帶野性的森林自然狀態——這應該是指馬來亞半島：

吃完了飯，柳原舉起玻璃杯來將裡面剩下的茶一飲而盡……只管向裡看著。流蘇道：「有什麼可看的，也讓我也看看。」柳原道：「……裡面的景緻使我想起馬來的森林。」……綠色的茶葉黏在玻璃上，橫斜有致，迎著光，看上去像一顆生生的芭蕉。底下堆積著的茶葉，蟠結錯縱……

柳原道：「我陪你到馬來亞去。」流蘇道：「做什麼？」柳原道：「回到自然。」……

……我的確為你費了不少的心機。在上海第一次遇見你，我想著，離開了你家裡那些人，你也許會自然一點。好容易盼著你到了香港……現在，我又想把你帶到馬來亞，到

---

[035] 張愛玲：《傾城之戀——張愛玲短篇小說集之一》臺北：皇冠，1991，第204頁。

原始的森林裡去……」[036]

這樣的森林在馬來亞半島比較常見。如果范柳原家族有經營園丘或土產生意的話，那地點也更可能是在馬來半島。我的推測是可能與當時大多要到馬來亞半島的人士一樣，他的路線可能是：先乘輪船從上海／香港到新加坡的吉寶港[037]（當時馬六甲海峽唯一的深水港），然後再由陸地乘汽車或再乘小船到馬來亞半島的城鎮（如馬六甲、吉隆坡和檳城）。

再者，柳原對熱帶的生物，也頗有了解。他們大熱天到香港淺水灣的沙灘上，被一種小蟲咬，「咬一口，就是個小紅點，像硃砂痣」[038]。上海人流蘇說是「蚊子」——這哪裡對？香港夏天才出現的小蟲，在熱帶馬來亞的一些沙灘卻常年有——柳原看了，一出口就是個行家，說是「沙蠅」（sandfly）——大丈夫果然言中。

范柳原吃飯的口味，更是馬來風。可能是他母親雖身在倫敦，在家裡帶著柳原過活，煮的卻是家鄉菜。張愛玲後來談到流蘇為柳原做菜，為了柳原口味，除了「家鄉風味」，又做了南洋名菜「沙袋」與辛辣的「咖哩魚」：

---

[036] 張愛玲：《傾城之戀——張愛玲短篇小說集之一》臺北：皇冠，1991，第211-212頁。
[037] Keppel Harbour。
[038] 張愛玲：《傾城之戀——張愛玲短篇小說集之一》臺北：皇冠，1991，第213頁。

流蘇初次上灶做菜，居然帶點家鄉風味。因為柳原忘不了馬來菜，她又學會了做油炸「沙袋」、咖哩魚[039]。

張愛玲口中的「沙袋」或「沙爹」

咖哩魚

從這裡可以推論，柳原的母親，也許也是個有點像王嬌蕊的娘惹。這裡提的「沙袋」為音譯，馬來語是 sate，為一種

---

[039] 張愛玲：《傾城之戀 ── 張愛玲短篇小說集之一》臺北：皇冠，1991，第228頁。

烤肉串。娘惹因為不是回教徒，所以常吃的是 sate babi（豬肉串）。當然也可用牛肉羊肉或其他肉類。Sate 本是用火炭烤，但為了省事也能用油炸。

范柳原二十四歲回中國（大多時間在上海），無數的太太想把女兒介紹給這個生意遍布英國、上海、香港、新加坡等地的黃金單身漢，他卻對中國失望，看不上半個。但一次機緣下遇上了寄住在娘家、在為前途、錢途心慌的離婚上海少婦白流蘇，他卻中意上她了。

范柳原的文化背景看來比嬌蕊更為混亂。他以英國為底，又是南洋，又是中國，家裡又全是仇人。有錢又怎樣？他到底是誰呢？於是他要尋根。柳原看上白流蘇的原因，跟王嬌蕊的差不多——他要找個「真正的中國女人」。因為他自己也不懂自己，於是他需要一個可能懂他的、真正的中國女人來救他。

柳原道：「你好也罷，壞也罷，我不要你改變。難得碰見像你這樣一個真正的中國女人。」流蘇微微嘆口氣道：「我不過是一個過了時的人罷了。」柳原道：「真正的中國女人是世界上最美的、永遠不會過了時。」[040]

後來，柳原又對流蘇說：

---

[040]　張愛玲：《傾城之戀——張愛玲短篇小說集之一》臺北：皇冠，1991，第206頁。

「我自己也不懂得我自己 —— 可是我要你懂得我！」[041]

其實，柳原見過的中國女人何其多，白流蘇會跳西洋交際舞又洋派地離過婚，「真正的中國女人」，這話從何說起？我想，這裡說的「真正的中國」是指中國文化去掉蕪雜後上面最精華的一層 —— 骨髓裡面，而不是表面的東西。白流蘇這個望族遺老的女兒，寫得有點像作者張愛玲本人 —— 帶一些書香詩禮，穿的是旗袍（柳原說他「不能想像」她不穿旗袍，而且不是新潮背心式的，而是長袖長衫的「滿洲的旗袍」才算好），而且「有許多小動作，有一種羅曼蒂克的氣氛，很像唱京戲」。她也並不怎麼策劃如何勾引柳原 —— 願意跟隨他是因為受迫於家庭壓力之無奈 —— 有的是尊嚴。

從張愛玲的眼光看來，要如何才稱得上是「真正的中國女人」呢？張愛玲甚至好像有意把「真正的中國女人」，從那一代的「上海女人」像楚河漢界一般分別出來。從文中，她不但要有古中國氣氛，又必須有個來歷 —— 族譜最好像英國女皇那樣 —— 第幾世、第幾代，多多少少要有幾個皇親國戚，才像樣。張愛玲自己血液裡有「李鴻章」、「張佩綸」這樣的名字 —— 那她當然就算是了。白流蘇也一樣：

她家裡窮雖窮，也還是個望族……。[042]

---

[041] 張愛玲：《傾城之戀 —— 張愛玲短篇小說集之一》臺北：皇冠，1991，第209頁。

[042] 張愛玲：《傾城之戀 —— 張愛玲短篇小說集之一》臺北：皇冠，1991，第215頁。

　　當白流蘇這個真材實料的中國貴族，遇上了印度黑珍珠薩黑荑妮公主（「傳說」為「克力希納・柯蘭姆帕王公的親生女」）這個情敵時，也才旗鼓相當——拿得出手。初次見面的時候，薩黑荑妮也自知遇到對手，用英語來諷刺流蘇：

　　薩黑荑妮公主伸出一隻手來，用指尖碰了一碰流蘇的手，問柳原道：「這位白小姐，也是上海來的？」柳原點點頭。薩黑荑妮微笑道：「她倒不像上海人。」柳原笑道：「像哪兒的人呢？」薩黑荑妮把一隻食指按在腮幫子上，想了一想，翹著十指尖尖，彷彿是要形容又形容不出的樣子，聳肩笑了一笑，往裡走去。柳原扶著流蘇繼續往外走，流蘇雖然聽不大懂英文，鑑貌辨色，也就明白了，便笑道：「我原是個鄉下人。」柳原道：「我剛才對你說過了，你是個道地的中國人，那自然跟她所謂的上海人有點不同。」[043]

　　但是，故事到了末端，終於是「中國勝利」，把印度公主打得落花流水——驕傲的薩黑荑妮戰後落魄不已，終於肯拉下臉喚流蘇為「白小姐」，又願意跟她學煮中式菜餚。：

　　有一天，他們在街上買菜，碰著薩黑荑妮公主。薩黑荑妮黃著臉，把蓬鬆的辮子胡亂編了個麻花髻，身子不知從哪裡借來一件青布棉袍穿著，腳下卻依舊趿著印度式七寶嵌花紋皮拖鞋。她同他們熱烈地握手，問他們現住在哪裡，急欲

---

[043]　張愛玲：《傾城之戀——張愛玲短篇小說集之一》臺北：皇冠，1991，第207頁。

看看他們的新屋子。又注意到流蘇的籃子裡有去了殼的小蠔，願意跟流蘇學習燒製清蒸蠔湯。柳原順口邀了她來吃便飯，她很高興跟了他們一道回去。她的英國人進了集中營，她現在住在一個熟識的、常常為她當點小差的印度巡捕家裡。她有許久沒有吃飽過。她喚流蘇「白小姐」。柳原笑道：「這是我太太。你該向我道喜呢！」薩黑荑妮道：「真的麼？你們幾時結的婚？」柳原聳聳肩道：「就在中國報上登了個啟事。你知道，戰爭期間的婚姻，總是潦草的……」流蘇沒聽懂他們的話 [044]。

這樣的事，看起來好像是兩女在爭風吃醋，但其實，我覺得有點郁達夫在日本受辱的味道 —— 兩國交鋒。薩黑荑妮一身青衣，更是令人想起史上「青衣行酒」的奴隸。

此外，在言語上，南洋華僑范柳原跟《紅玫瑰與白玫瑰》的王嬌蕊一樣，日常對話也大多是英文。從上面這兩段文字看來，柳原跟薩黑荑妮說的是英文，而流蘇就「聽不大懂英文」，或「沒聽懂他們的話」。

跟嬌蕊一樣，華僑柳原也為中國文化高尚部分著迷。這個不大會華文的華僑，竟然動不動開口就是《詩經》。

《詩經》上有一首詩 —— ……我唸給你聽：『死生契闊 —— 與子相悅，執子之手，與子偕老。』我的中文根本不

---

[044] 張愛玲：《傾城之戀 —— 張愛玲短篇小說集之一》臺北：皇冠，1991，第228-229頁。

行，可不知解釋得對不對……。[045]

這可能是經年努力下的成果，是一種對自己身分的肯定與對文化源頭的嚮往。

最後，患上了嚴重鄉愁且有鑑賞能力的南洋華僑范柳原，有必要地選擇了非一般的、而是堅守優秀傳統的「貴族」中國女子。他終是摒棄了薩黑荒妮公主與當代的「普通」上海女人，與「滿洲旗袍貴族」白流蘇共結連理。《紅玫瑰與白玫瑰》裡的王嬌蕊也一樣——棄洋派的王士洪、悌米孫，而愛上了「傳統美德男」佟振保。這樣的走向，好像是張愛玲這兩篇小說的格式。

《沉香屑・第一爐香》、《茉莉香片》、《心經》與《第二爐香》

上面我們看過了張愛玲兩篇「徵用」了南洋華僑為故事主角的短篇小說。我們也見到了故事裡面濃得化不開的南洋情調與意象。

但是，張愛玲還有許多小說，雖以上海、香港、英國，或其他人物為主角，南洋風味卻也是有跡可尋的。在描繪人事物的時候，張愛玲頻頻有意無意地提到「南洋」。

---

[045] 張愛玲：《傾城之戀——張愛玲短篇小說集之一》臺北：皇冠，1991，第216頁。

　　在《沉香屑·第一爐香》短篇小說裡，張愛玲為我們說了一個上海年輕女學生葛薇龍，如何為了錢而甘心被變態的富有姑媽所利用，最終墮落香港的故事。話說心境淒涼的薇龍到香港靠海的夜市場去散散心，卻見到了假象的、浮華的繁榮熱鬧。薇龍身影後的背景為許許多多燈泡照耀下的小攤子。在他們販賣的、琳瑯滿目的貨品裡，就出現了「琥珀色的熱帶產的榴槤糕」這樣的南洋食品：

> 　　薇龍拉了喬琪一把道：「走罷走罷！」她在人堆裡擠著，有一種奇異的感覺。頭上是紫黝黝的藍天，天盡頭是紫黝黝的冬天的大海，但是海灣裡有這麼一個地方，有的是密密層層的人，密密層層的燈，密密層層的耀眼的貨品 ── 藍瓷雙耳小花瓶、一捲一捲的蔥綠堆金絲絨玻璃紙袋裝著「巴島蝦片」、琥珀色的熱帶產的榴槤糕、拖著大紅穗子的佛珠、鵝黃的香袋、烏銀小十字架、寶塔頂的大涼帽；然而在這燈與人與貨之外，還有那悽清的天與海 ── 無邊的荒涼，無邊的恐怖[046]。

榴槤糕

---

[046]　張愛玲：《第一爐香 ── 張愛玲短篇小說集之二》臺北：皇冠，1991，第311頁。

大家都知道「榴槤」為南洋果王。而「榴槤糕」這一種食品，南洋也確實有 —— 馬來文叫「kueh dodol」（筆者譯：「粿加蕉」）—— 為馬來人過年過節不可少之糕點。它的主要製作原料為糯米粉與榴槤，但因為又用上了褐黑色的椰糖調味，所以糕點熟後，就變成琥珀色的了 —— 張愛玲這裡的描述，很是精確。「榴槤糕」最著名的出產地為馬來西亞古城馬六甲 —— 直到今天，它也是大多遊客必買之土產。

這裡還提及了另一樣南洋風味食品：「巴島蝦片」。「巴島」指的應是印尼有名的峇厘島。「蝦片」印尼文為「Krupuk」，馬來文為「Keropok」，是南洋很常見的零嘴。做法是把蝦子跟樹薯粉混合，在烈日下

蝦餅

曝晒成硬片，要吃時，則拿來油炸成大片大片的脆餅，很是可口。南洋一帶的海岸線很長，捕來的蝦子吃不完，製成蝦片可以放得更久。

張在另兩篇短篇小說《茉莉香片》與《心經》裡，也側寫了她印象中南洋女子的形象。《茉莉香片》的故事圍繞著來自民國初年腐敗家庭的大學生聶傳慶。聶傳慶的教授言子夜，本是聶傳慶的母親（已過世）從前的舊情人。但是造化弄人，兩人後來各自有了家庭。但是，到了下一代，言教授的女兒言丹朱，冥冥中卻又墮入情網，愛上了聶傳慶。聶傳慶卻折

磨她 —— 因為自己父親與後母的家庭不美滿而討厭她，也好像在為他的母親出口氣 —— 引出了一段情感糾纏。言子夜的妻，就是這樣的一位「南國女郎」：

> 子夜單身出國去了。他回來的時候，馮家早把碧落嫁給了聶介臣，子夜先後也有幾段羅曼史。至於他怎樣娶了丹朱的母親，一個南國女郎，近年來怎麼移家到香港，傳慶卻沒有聽見說過[047]。

因為言子夜的女兒言丹朱是帶著美感的，「赤金色」的一位姑娘 —— 長得不像父親。聶傳慶推測她應該是像「南國」的母親 —— 這裡的「南國」應該是指南洋一帶，因為天氣炎熱，就算是華人，僑居了幾代後，沒有了大多中國人的白皙也是很自然的：

> 丹朱在旗袍上加了一件長袖子的白紗外套。她側過身來和旁邊的人有說有笑的，一手托著腮。她那活潑的赤金色的臉和手臂，在輕紗掩映中，像玻璃杯裡灩灩的琥珀酒。然而她在傳慶眼中，並不僅僅引起一種單純的美感。他在那裡想：她長得並不像言子夜。那麼，她一定是像她的母親，言子夜所娶的那南國姑娘[048]。

---

[047]　張愛玲：《第一爐香 —— 張愛玲短篇小說集之二》臺北：皇冠，1991，第 244 頁。

[048]　張愛玲：《第一爐香 —— 張愛玲短篇小說集之二》臺北：皇冠，1991，第 245 頁。

　　張愛玲後來在自傳小說／小說自傳《小團圓》裡，也曾提到母親（芯秋）二戰後在印度與馬來亞熱帶之地住了幾年，變得又黑又瘦：

　　人老了有皺紋沒關係，但是如果臉的輪廓消蝕掉一塊，改變了眼睛與嘴的部位，就像換了一個人一樣。在熱帶住了幾年，晒黑了，當然也更顯瘦[049]。

　　《茉莉香片》裡的「南國姑娘」丹朱，是美麗的琥珀酒。但是，在《心經》裡出現的另一位「南洋小姐」，就沒有這麼好運了。《心經》講的，也是關於一個有病態的現代社會——上海20歲的少女小寒，無可救藥地愛戀著父親——也許是像瑞士精神分析家榮格（Carl Jung）所說的「戀父情結」（Electra Complex），而她的父親到最後卻又愛上了與她同齡的女同學。小寒在上海家裡慶祝20歲生日的時候，張愛玲用筆繪出了她的五個女同學的模樣：

　　在燈光下，我們可以看清楚小寒的同學們，一個戴著金絲腳的眼鏡，紫棠色臉，嘴唇染成橘黃色的是一位南洋小姐鄺彩珠。一個頎長潔白，穿一件櫻桃紅鴨皮旗袍的是段綾卿。其餘的三個是三姐妹，余公使的女兒，波蘭、芬蘭、米蘭；波蘭生著一張惱人的粉團臉，朱口黛眉，可惜都擠在一起，局促的地方太局促了，空的地方又太空了。芬蘭米蘭和

---

[049]　張愛玲：《小團圓》臺北：皇冠，2009，第279-280頁。詳情見第四章。

她們的姐姐眉目相仿，只是臉盤子小些，便秀麗了許多[050]。

這故事裡的女主角是「穿一件櫻桃紅鴨皮旗袍」，最後當了小寒後母的同學段綾卿。而「南洋小姐鄺彩珠」這片扶持牡丹花的綠葉，卻一出場就出師不利 —— 除了是個「四眼妹」以外，臉不但是「紫棠色」，嘴唇又「染成橘黃色」 —— 天然紫棠色的醜臉當然不是她的錯，但是嘴唇塗上與紫色對衝的橘黃，大概就是在戲謔人家沒有品味了。但可能也是實話實說而已 —— 難道南洋女子就個個天仙似的不成？

再來，張愛玲還有一篇挺出色的、「毛姆式」的[051]，叫《第二爐香》的短篇小說，也提到了南洋島嶼新加坡。但是，這次提到的是學校裡的就業機會。話說在香港大學當講師的英國人羅傑安白登，因為年輕美麗的妻子愫細（也是英國人）對性知識的無知，性生活出了些問題，無故被外界誤會，最後鬧翻天，得從大學辭職。他的朋友巴克關心地問起他何去何從，他這樣回答：

他把一隻手放在巴克的肩上，道：「我真是抱歉，使你這樣的為難。我明天就辭職！」巴克道：「你打算上哪兒去？」羅傑聳了聳肩道：「可去的地方多著呢。上海、南京、北京、漢口、廈門、新加坡，有的是大學校。在中國的英國人，該

---

[050] 張愛玲：《小團圓》臺北：皇冠，2009，第 374-375 頁。

[051] 關於張愛玲與毛姆的關係，第五章有更詳細的解析。

不會失業罷？」[052]

從這裡可見，三、四十年代，除了香港、中國大城市（如上海、南京、北京、漢口、廈門）以外，地理位置在南洋的新加坡，也有應徵外國人，習以為常的「大學校」——像羅傑安白登這樣的英國人很吃香，而且「不會失業」。這可能是因為新加坡[053]在英國人統治下，建了深水港（吉寶港），又實行自由港政策——於 20 世紀的商業地位，已遠遠超過以前比它更為重要的馬六甲與檳城——就業機會也比較高，也很願意聘請白人。

南洋華僑社會支脈之特殊區辨

綜合上文所述，可以指出多篇張愛玲的小說，含有南洋情結。在經典作品《紅玫瑰與白玫瑰》與〈傾城之戀〉裡，不但故事的主角——南洋紅玫瑰王嬌蕊與多金浪子范柳原——皆為南洋華僑，文字裡也描繪了大量的南洋日常生活裡的人事物。在這方面，張愛玲運用了她細緻入微的觀察力，栩栩如生地寫了很多南洋形象與意象。

---

[052] 張愛玲：《小團圓》臺北：皇冠，2009，第 342 頁。

[053] 新加坡最早為馬來漁村，19 至 20 世紀中為英屬殖民地。關於這段時期的發展歷史，可見 Frost, M.R. & Balasingamchow, Y., Singapore: A Biography, Editions Didier Millet, Singapore, 2009。

　　如果真有遺憾的話，那就是張愛玲對南洋華僑的寫法，有點一概而論，沒有對不同源流的馬來亞華僑社會做出區分。殊不知她在香港遇見的人物，很可能只是一個很特殊的南洋峇峇娘惹支派而已。但因張愛玲的作品確實很出色，一些理到情不到之處，也只能算是小小瑕疵而已了。

第二章
散文張愛玲・香港・南洋佼佼

　　張愛玲是在怎樣的現實環境下，寫出了這麼「高含量」南洋元素與情結之散文？如果在上一章談的是南洋與張愛玲小說之間的密切關係，這裡要考釋的就是張愛玲散文裡的「南洋風光」了。

張愛玲散文之寫真手法

張愛玲目前在中國文學史上能夠占有重要一席，主要原因可以說是因為學者給予她的小說極高度的評價。她短短一篇《金鎖記》，就曾被名學者夏志清「點名」為「中國從古以來最偉大的中篇小說」[054]。那麼，張愛玲的另類書寫 —— 散文 —— 的地位又是如何？答案是：一點也不馬虎。張愛玲的散文 —— 尤其四十年代寫作巔峰時期之作品 —— 篇篇擲地有聲，能夠獨當一面 —— 多年來風靡了眾多學者、讀者。有學者甚至認為，張愛玲的散文比小說「更值得探究」。下面這段話，也很清楚地證明了其他「名家」如周芬伶、賈平凹，極為欣賞、看重張愛玲的散文，他們可能也是她的粉絲：

> 張愛玲研究今天已成顯學，但如金宏達所說，「遺憾的是，對其散文的品讀與解析，一直很少有人下氣力去做。」特別撥篇幅討論她散文的，除了余凌外，我看到的還有周芬伶。……繼傅雷之後，一語道破張愛玲作品特色的是譚唯翰……譚唯翰認為張愛玲的散文比小說「更有味」，全屬私人意見，不必為此商榷。值得注意的是，他欣賞的那種拆開來的精彩句子，那種從字裡行間滲透出來的「細細喜悅」，幾乎只在小說的文字出現。譚唯翰讀張愛玲的散文與隨筆，比小說更有味，證明《金鎖記》作者的另類書寫一樣引人入勝……

---

[054] 《中國現代小說史》香港中文大學 2001、2015，第 300 頁。

跟譚唯翰同好的，還有賈平凹……。[055]

　　談及張愛玲散文之特性，我認為其中最重要的一點，就是她流露字裡行間的、嚴實的寫實意識。夏志清教授就曾把張愛玲的兩篇散文——〈私語〉和〈童言無忌〉歸類為「自傳性質的散文」[056]。雖然目前文類界限較之前寬鬆、模糊，但是，根據傳統文學定義，如果作家書寫天馬行空，內容憑空而來，故事奇談之作品籠統謂之「小說」。在這樣的定義之下，所謂的「小說」，我認為與西方文學傳統概念之「fiction」相近。相對之下，「散文」的內容題材，則應是作者真實人生之反映——像極西方所謂的「essay」[057]。

　　張愛玲自小受傳統中西文學陶冶，長大後，又在香港大學文學院求學，應該對傳統定義下的「散文」與西洋「essay」文類毫不生疏。所以，如果她流瀉而出的散文，處處真人真事、真情流露，那也是自然、平常的。在這樣的情境之下，如果有人拿她散文的內容，跟她的「自傳」或已考證出來的生平紀錄，進行比較，就會發現對應率極高——就算在文章細微之處，也巧妙吻合——少有「純屬巧合」的餘地。在這裡就舉一例。

[055]　劉紹銘：《到底是張愛玲》上海：上海書店，2007，第 19-20 頁。

[056]　《中國現代小說史》香港中文大學 2001、2015，第 294 頁。

[057]　見 Chris Baldick, The Oxford Dictionary of Literary Terms (4th ed), Oxford University Press, 2015。

　　張愛玲在大家都熟悉的散文〈私語〉裡，曾透露她有一次因為跟後母之間產生誤會，被父親打了又被囚禁。後來張乘看門人換班之時，逃到母親那裡去住。這時候，有位從小就很愛護她的、名叫「何干」的女傭，知道她再也回不來了，就偷偷摸摸地把她「小時候的一些玩具私運出來」留給她做紀念[058]。這些故事到底是不是真的呢？答案無疑是正面的。

　　「何干」這個人物的存在，已被與張愛玲一起長大的親弟弟——張子靜先生，在《我的姐姐張愛玲》這本回憶錄裡證實了[059]，而且還更進一步在關於張愛玲逃走這件事上，補上了事件發生的年月分——「1938 年初，將近舊曆年的時候」[060]。他也說何干因這件事受連累，被父親大罵，後來竟然「回皖北養老去了」。再者，在張愛玲近年出版的、「稀稀用薄紗蓋過」的自傳小說／小說自傳《小團圓》裡[061]，張愛玲自己又舊事重提，把被父親「打一個嘴巴子」這件事，再度「高度還原地」演繹一次[062]。何干這位關鍵性的女傭，在《小團圓》裡雖已化成了「韓媽」（而張愛玲則化名為「九莉」），

---

[058]　張愛玲：《張看 —— 張愛玲散文結集》（上冊）北京：經濟日報，2002，第 72 與 81 張愛玲：《張看 —— 張愛玲散文結集》（上冊）北京：經濟日報頁。

[059]　張子靜：《我的姐姐張愛玲》上海：文匯，2003，第 46 頁。張子靜道：「家裡來了客人，姐姐的保姆『何干』和我的保姆『張干』就把我們帶到院子裡玩。」

[060]　張子靜：《我的姐姐張愛玲》上海：文匯，2003，第 76 頁。

[061]　張愛玲：《小團圓》臺北：皇冠，2009 年。

[062]　張愛玲：《小團圓》臺北：皇冠，2009 年，第 129 頁。

但對她的描述，更是情意切切 —— 不但說是「離了韓媽一天也過不了。」[063] 又寫韓媽如何在「囚禁期」照應她，如何「把她小時候的一只首飾箱」送到她母親處 [064]。

這類例子，在張愛玲作品裡太多太多了。在接下來的幾章，還會再一一解析。結論是張愛玲散文裡的內容與她人生的對應性，有如精工嵌合。有鑑於此，張愛玲的散文，在考證她與「南洋」這方面的關係，也就有了非凡的意義。「張愛玲從沒到過南洋，她的作品為什麼又會頻頻提及南洋呢？」「她的靈感出自哪裡？」這樣的問題，其中答案，一部分當然就可以從張愛玲的散文裡找尋了。

在這一章裡，我就用纖纖細梳，先理一理她散文中所提及、牽涉的南洋人事物 —— 讓它們紛紛「大珠小珠落玉盤」—— 從中證明「南洋現象」之客觀存在。接下來，又從散文文字的內容與語境，進一步了解，張愛玲是在怎樣的現實的環境下，寫出了這麼「高含量」南洋元素與情結之散文的？如果在上一章談的是南洋與張愛玲小說之間的密切關係，這裡要考釋的就是張愛玲散文裡的「南洋風光」了。

---

[063]　張愛玲：《小團圓》臺北：皇冠，2009 年。
[064]　張愛玲：《小團圓》臺北：皇冠，2009 年，第 130-132 頁。

張愛玲散文裡之「南洋書寫」

■〈燼餘錄〉

〈燼餘錄〉—— 這篇並不太長，但屬於「經典張愛玲」的著名散文，主要寫的是張愛玲在第二次世界大戰時，在香港大學的親身經歷。根據張愛玲生平考據[065]，張愛玲在 1937 年中學畢業後，本來打算到倫敦大學留學 —— 但是事與願違 —— 因為歐戰爆發，她去不成倫敦了，1938 年改到去香港大學唸書。但是，在 1941 年 12 月 8 日，美國珍珠港受侵略，二戰也同時在香港爆發，導致港大停課[066]。戰爭之初，張愛玲並沒有回到上海，而是與一班港大的外埠學生，不顧危險地居留於學生宿舍。但到了 1942 年夏天[067]，她卻在還差半年就可以畢業的情況下輟學，打道回滬[068]。

---

[065] 見張子靜：《我的姐姐張愛玲》上海：文匯，1996；唐文標編：《張愛玲資料大全集》 臺北：時報，1984；金宏建、于青編《張愛玲研究資料》福州：海峽文藝，1994；余斌：《張愛玲傳》南京大學，2007；任茹文：《張愛玲傳》北京：團結，2001。

[066] 關於二戰如何在香港爆發的來龍去脈與當年一些港大師生之實錄，可參考 1998 香港大學出版社出版的 Matthews, C., & Cheung, O., eds., Dispersal and Renewal: Hong Kong University During the War Years, Hong Kong University Press, 1998（筆者譯：《解散與復新：二戰歲月之港大》）。也見第六章。

[067] 張子靜透露：「1942 年夏天，我姐姐也因香港大學停課，輟學回到上海。那年她已大四，只差半年就可畢業。然而大環境使然，她亦只得暫別香港，回到上海這個『孤島』。」張子靜：《我的姐姐張愛玲》上海：文匯，1996，第 107 頁。

[068] 見《中國現代小說史》香港：中文大學 2001，2015，第 295 頁，與張子靜：《我

〈燼餘錄〉就是張愛玲在「戰火香江」這樣的大環境下寫出來的。在〈燼餘錄〉的開端，張愛玲是如此介紹這篇散文之「緣起」的：

> 我與香港之間已經隔了相當的距離了 —— 幾千里路，兩年，新的事，新的人。戰時香港所見所聞，唯其因為它對於我有切身的、劇烈的影響，當時我是無從說起的。現在呢，定下心來了。至少提到的時候不至於語無倫次。然而香港之戰予我的印象幾乎完全限於一些不相干的事[069]。

可見，〈燼餘錄〉這篇散文，是在她回到上海兩年後完成的。張愛玲也還真的說到做到 ——〈燼餘錄〉雖為記載「戰時香港所見所聞」，但大部分寫的，卻是「一些不相干的事」。我想，張愛玲這裡的意思是：它不是一篇硬邦邦的大塊頭，詳細記錄幾年幾月幾日軍隊衝突史事，或雙方傷亡多少的編年史／歷史教材書，而是描繪戰時芸芸眾生的喜怒哀樂與日常生活。最引人入勝處，就是文章裡頻頻提及的、跟她一樣回不了國的「外埠學生」、「異鄉的學生」，他們活潑、帶一點「歷險記」意味的生活狀況。此為一例：

的姐姐張愛玲》上海：文匯，1996，第 107 頁。張愛玲在散文〈私語〉裡，自己也曾透露道：「考進大學，但是因為戰事，不能上英國去，改到香港，三年之後又因為戰事，書沒讀完就回上海來。」見張愛玲：《張看 —— 張愛玲散文結集》（上冊）北京：經濟日報張愛玲：《張看 —— 張愛玲散文結集》（上冊）北京：經濟日報，2002，第 81 頁。

[069] 張愛玲：《張看 —— 張愛玲散文結集》（上冊）北京：經濟日報張愛玲：《張看 —— 張愛玲散文結集》（上冊）北京：經濟日報，2002，第 32 頁。

戰爭開始的時候，港大的學生大都樂得歡蹦亂跳，因為十二月八日正是大考的第一天，平白地免考是千載難逢的盛事。那一冬天，我們總算吃夠了苦，比較知道輕重了。可是「輕重」這兩個字，也難講⋯⋯去掉一切的浮文，剩下的彷彿只有飲食男女這兩項。⋯⋯香港的外埠學生困在那裡沒事做，成天就只買菜，燒菜，調情 ── 不是普通的學生式的調情，溫和而帶一點傷感氣息的 [070]。

港大停止辦公了，異鄉的學生被迫離開宿舍，無家可歸，不參加守城工作，就無法解決膳宿問題。我跟著一大批同學到防空總部去報名，報了名領了證章出來就遇著空襲。我們從電車上跳下來向人行道奔去，縮在門洞子裡，心裡也略有點懷疑我們是否盡了防空團員的責任。 ── 究竟防空員的責任是什麼，我還沒來得及弄明白，仗已經打完了 [071]。

這裡所謂的「外埠學生」、「異鄉的學生」到底是哪裡人呢？根據與張愛玲很熟悉，通了幾十年信的夏志清教授之考證，張愛玲在二戰期間，確實曾在港大求學 ── 她的同窗不但有歐亞混血兒、英國與印度學生，也有「華僑富商的子女」── 而且他說「這些人物在她小說裡有時也出現」：

她中學畢業那一年（1937），母親從歐洲回上海。⋯⋯

---

[070]　張愛玲：《張看 ── 張愛玲散文結集》（上冊）北京：經濟日報張愛玲：《張看 ── 張愛玲散文結集》（上冊）北京：經濟日報，2002，第 41 頁。

[071]　張愛玲：《張看 ── 張愛玲散文結集》（上冊）北京：經濟日報張愛玲：《張看 ── 張愛玲散文結集》（上冊）北京：經濟日報，2002，第 34 頁。

從此以後，她再也沒有回到她父親的家。她繼續用功讀書，考取了倫敦大學的入學考試（倫敦大學那時在上海舉行招生考試），因為歐戰關係，英國沒有去成，她改入香港大學。香港那地方，比上海更要五方雜處，她所認識的人也更多了。港大的學生有歐亞混血兒，有英國、印度和華僑富商的子女。這些人物在她小說裡有時也出現。她大三那一年，太平洋大戰爆發，香港淪陷，她和同學們都在宿舍裡被禁閉過一個時候。她後來回到上海，開始從事寫作[072]。

在〈燼餘錄〉裡，張愛玲沒提及她的歐亞混血兒或英國同學——卻常常出現「馬來亞華僑」這幾個字眼。《小團圓》的情形也一樣。其實，當時跟張愛玲一起在港大住宿、讀書的學生當中，學醫的馬來亞華僑是很多的[073]。他們大概也跟張愛玲一樣，因為二戰無法到首選英國去，就轉到香港大學去唸書。所以，〈燼餘錄〉這裡指的「外埠學生」、「異鄉學生」，雖然也可能包括歐亞混血、英國或其他同學，但在她心目中最有代表性的、在港大宿舍裡為數最多的，應該是來自馬來亞的南洋華僑。

從文章裡面可以看出張愛玲對這一派的人留下了深刻印象，而且整體來說，似乎是好感多於反感的。她甚至願意把

---

[072] 《中國現代小說史》香港中文大學 2001、2015，第 295 頁。

[073] 但也有少數是跟張愛玲一起念文學系的。詳情看論文第四章與《小團圓》第一與第二章。

自己歸納入這些人群中，以「我們」稱之。〈燼餘錄〉就有這樣一段文字：

> 至於我們大多數的學生，我們對於戰爭所抱的態度……是像一個人坐在硬凳上打瞌睡，雖然不舒服，而且沒結沒完地抱怨著，到底還是睡著了。……能夠不理會的，我們一概不理會。出生入死，沉浮於最富色彩的經驗中，我們還是我們，一塵不染，維持著素日的生活典型 [074]。

後期奇裝異服的張愛玲，也可能是受到她「華僑女同學」的影響。張愛玲曾在散文〈童言無忌〉裡透露，年少時在上海，是「繼母穿剩的衣服穿，永遠不能忘記一件暗紅的薄棉袍，碎牛肉的顏色，穿不完地穿著」。但去香港求學後回上海，卻完完全全地脫胎換骨了，愛上了服裝。〈燼餘錄〉裡就記錄了張愛玲的女同學是怎樣的一群「時裝狂」：

> 在香港，我們初得到開戰的消息的時候，宿舍裡的一個女同學發起急來，道：「怎麼辦呢？沒有適當的衣服穿！」她是有錢的華僑。對於社交上不同的場合需要不同的行頭，從水上跳舞會到隆重的晚餐，都有充分的準備，但是她沒想到打仗 [075]。

---

[074] 張愛玲：《張看 —— 張愛玲散文結集》（上冊）北京：經濟日報張愛玲：《張看 —— 張愛玲散文結集》（上冊）北京：經濟日報，2002，第 33 頁。

[075] 張愛玲：《張看 —— 張愛玲散文結集》（上冊）北京：經濟日報張愛玲：《張看 —— 張愛玲散文結集》（上冊）北京：經濟日報，2002，第 32 頁。

蘇雷珈是馬來半島一個偏僻小鎮的西施，瘦小、棕黑皮膚，睡沉沉的眼睛與微微外露的白牙，像一般的受過修道院教育的女孩子，她是天真得可恥。她選了醫科。醫科要解剖人體，被解剖的屍體穿衣服不穿？蘇雷珈曾經顧慮到這一層，向人打聽過，這笑話在學校裡早出了名。

一個炸彈掉在我們宿舍的隔壁，舍監不得不督促大家避下山去。在急難中蘇雷珈並沒忘記把她最顯煥的衣服整理起來……在炮火下將那只累贅的大皮箱設法搬運下山。

蘇雷珈加入防禦工作，在紅十字會分所充當臨時看護，穿著赤銅地綠壽字的織錦緞棉袍蹲在地上劈柴生火。雖覺可惜，也還是值得的。那一身伶俐的裝束給了她空前的自信心。不然，她不會同那些男護士混得那麼好 [076]。

張子靜也曾對在香港逗留了三年多的姐姐回到上海時，整個人的「形象」大變，穿得又時髦又飄逸，給予這樣的印證：

當時整個亞洲的局勢是那樣動盪不安，前途莫測……所以在電話裡得知她回來的消息，立即滿懷興奮地到姑姑家去看她。

三年多不見，姐姐的模樣改變了很多。她長髮垂肩，穿著香港帶回來的時髦衣服，看起來更瘦削高挑，散發著飄逸之美。

---

[076] 張愛玲：《張看──張愛玲散文結集》（上冊）北京：經濟日報張愛玲：《張看──張愛玲散文結集》（上冊）北京：經濟日報，2002，第32-33頁。

姐姐談了一些戰時香港的景況，對於輟學之事則耿耿於懷。「只差半年就要畢業了呀！」她憤憤地說[077]。

從這裡可以推測，張愛玲港大的馬來亞華僑同學，在「服裝與打扮」這方面的「瑣碎事」，為她帶來不小的衝擊與影響。

〈燼餘錄〉裡還有說到戰時的港大宿舍，聚集了「八十多個死裡逃生的年輕人」，而且也記錄了學生當中有個「醫生」與「看護」，在熾熱的戰火中共結連理：

有一對男女到我們辦公室裡來向防空處長借汽車去領結婚證書。男的是醫生，在平日也許並不是一個「善眉善眼」的人，但是他不時地望著他的新娘子，眼裡只有近於悲哀的戀戀的神情。新娘是看護，矮小美麗、紅顴骨，喜氣洋洋。弄不到結婚禮服，只穿著一件淡綠綢夾袍，鑲著墨綠花邊[078]。

雖然張愛玲這裡沒有說明這對醫生新郎與看護新娘的國籍身分，但是在《小團圓》裡，張愛玲似乎有提示新郎是個馬來亞華僑。張愛玲在《小團圓》裡也有談及二戰中有「學生結婚」之事件。根據張愛玲所說，新郎是位學醫的，姓李的「馬來亞僑生」[079]，而他「家裡又有錢，有橡膠園」[080]（詳情見

[077] 張子靜：《我的姐姐張愛玲》上海：文匯，1996，第107頁。
[078] 張愛玲：《張看——張愛玲散文結集》（上冊）北京：經濟日報，2002，第36頁。
[079] 這裡所指的「僑生」，應該是「華僑學生」之簡寫。
[080] 張愛玲：《小團圓》臺北：皇冠，2009，第25，58與72頁。

第四章)。這位李先生大概是畢業班的醫學生。因為「畢業班的醫學生都提前尊稱為醫生」 —— 可能這就是為什麼〈燼餘錄〉裡把「李先生」稱為「醫生」[081]。

《小團圓》裡對這位男士的稱呼,也是有時稱之為「李醫生」(77 頁),有時則是「李先生」(78 頁)。

《小團圓》也說,新娘是一位學醫的,名字叫婀墜的上海女子。那為什麼〈燼餘錄〉裡的新娘,則變成了「看護」呢?依我看,也許是因為在二戰期間,港大的學生,尤其是念醫的,都勉強著當上了戰地看護。就像上面提到的,張愛玲學醫的校友蘇雷珈就是了:

> 蘇雷珈加入防禦工作,在紅十字會分所充當臨時看護。

《小團圓》可說是張愛玲自傳性質的小說,或可說是用小說方式寫成的自傳。所以,有輕微的藝術加工痕跡,也沒什麼稀奇的。這點在此書第四章,會加以詳細說明。

此外,《小團圓》也把「馬來亞華僑李醫生」描繪為一位相當有分量的「學生領袖」。在日軍的虎視眈眈之下,他居然有辦法主持大局,跟日本官員打好關係,「救濟學生」,又把「無家可歸的外埠學生都遷入一個男生宿舍」,弄吃的、弄喝的:

---

[081]　張愛玲:《小團圓》臺北:皇冠,2009,第 61 頁。

主持救濟學生的李醫生常陪著日本官員視察。這李醫生矮矮的，也是馬僑，搬到從前舍監的一套房間裡住，沒帶家眷。手下管事的一批學生都是他的小同鄉，內中有個高頭大馬很肉感的一臉橫肉的女生幾乎做了押寨夫人[082]。

張愛玲又速寫了排隊「領黃豆拌罐頭牛肉飯」的情形：

大家每天排隊領一盤黃豆拌罐頭牛肉飯，拿著大匙子分發的兩個男生越來越橫眉豎目，彷彿是吃他們的。而這也是實情。夜裡常聽見門口有卡車聲，是來搬取黑市賣出的米糧罐頭 —— 從英政府存糧裡撥出來的[083]。

這裡說到的兩個脾氣越來越臭，「越來越橫眉豎目」 —— 拿著大匙子分發飯菜的男生 —— 我想，也應是馬來亞華僑。這是因為李醫生「手下管事的一批學生都是他的小同鄉」。這令人想起〈燼餘錄〉裡，張愛玲提及的那位很有辦法的、能夠借車去領結婚證書的男醫生。張愛玲說他在平日也「並不是一個善眉善眼」的人 —— 他們本來就是「師出同門」。但也幸虧有他們「領養」，受困的異鄉學生才不至於要餓死。

這麼一個出色的、有才有錢的馬來亞華僑李醫生，卻也還有美中不足的地方。因為張愛玲嫌人家「矮矮的」 —— 而

[082]　張愛玲：《小團圓》臺北：皇冠，2009，見第 71 頁。
[083]　張愛玲：《小團圓》臺北：皇冠，2009，見第 72 頁。

且正在戰爭，「橡膠園也許沒有了，馬來亞也陷落了」──這麼一來，當然只好「替婀墜覺得不值得」了[084]，似乎有點酸葡萄心理。

除此以外，張愛玲在〈燼餘錄〉裡，也細寫了一個叫「喬納生」、有點「像詩人拜倫」的男同學。此人在二戰時加入志願軍，在九龍地區曾英勇地出壕溝去把一個英國兵抬進來。這個人「也是個華僑」：

在這狂歡的氣氛裡，唯有喬納生孤單單站著，充滿了鄙夷和憤恨。喬納生也是個華僑同學，曾經加入志願軍上陣打過仗。他大衣裡只穿著一件翻領襯衫，臉色蒼白，一綹頭髮垂在眉間，有三分像詩人拜倫，就可惜是重傷風。喬納生知道九龍作戰的情形。他最氣的便是他們派兩個大學生出壕溝去把一個英國兵抬進來──「我們兩條命不抵他們一條。招兵的時候他們答應特別優待，讓我們歸我們自己的教授管轄，答應了全不算話！」他投筆從戎之際大約以為戰爭是基督教青年會所組織的九龍遠足旅行[085]。

---

[084] 張愛玲：《小團圓》臺北：皇冠，2009，見第 71-72 頁。
[085] 張愛玲：《張看──張愛玲散文結集》（上冊）北京：經濟日報，2002，第 37 頁。

■〈談跳舞〉

張愛玲對南洋的描述,在另一篇標題為〈談跳舞〉[086] 的文章裡,再度延續。在這篇文章裡面,有一段關於馬來亞華僑金桃跳馬來舞的精彩文字寫生:

> 我們自己的女同學,馬來西亞的華僑(筆者按:應是「馬來亞的華僑」),大都經過修道院教育。淡黑臉、略有點齙牙的金桃是嬌生慣養的,在修道院只讀過半年書,吃不了苦。金桃學給大家看馬來人怎樣跳舞的:男女排成兩行,搖擺著小步小步走,或是僅只搖擺;女的捏著大手帕子悠悠揮灑,唱道:「沙揚啊!沙揚啊!」沙揚是愛人的意思;歌聲因為單調,更覺得太平美麗。那邊的女人穿洋裝或是短襖長褲,逢到喜慶大典才穿旗袍 [087]。

這裡張愛玲的馬來亞華僑女同學,歌詞裡的「沙揚」,馬來語為「sayang」。「沙揚」為音譯。這個詞語,張愛玲說是名詞「愛人」的意思。這是對的。但是,其實也可以當動詞用,指「愛」。「沙揚啊!沙揚啊!」的意思,也可翻譯為:「愛你啊!愛你!」。

但是接下來,張愛玲卻又忍不住對她這位華僑女同學愛

---

[086] 張愛玲:《張看 —— 張愛玲散文結集》(下冊)北京:經濟日報,2002,第250頁。

[087] 張愛玲:《張看 —— 張愛玲散文結集》(下冊)北京:經濟日報,2002,第254頁。

打扮的作風，再度批評了幾句，顯然是不高興：

　　城中只有一家電影院，金桃和其他富戶的姑娘每晚在戲園子裡遇見，看見小妹妹穿著洋裝，嘴裡並不做聲，急忙在開演前趕回家去換了洋裝再來。她生活裡的馬來亞是蒸悶的野蠻的底子上蓋一層小家氣的文明，像一床太小的花洋布棉被，蓋住了頭，蓋不住腳[088]。

　　而這位金桃小姐，大概永遠不會知道張愛玲對她不滿──因為她是英文源流的修道院學校出身，不會看中文。在《小團圓》第二章裡，女主角的「馬來亞」華僑同學彼此間也是用英文交談的：

　　幾個高年級的馬來亞僑生圍著長桌的一端坐著。華僑女生都是讀醫的，要不然也不犯著讓女孩子家出遠門……平時在飯桌上大說大笑，都是她們內行的笑話，夾著許多術語……她們的話不好懂，馬來亞口音又重，而且開口閉口「man！」[089]。

　　接下來，張愛玲意猶未盡，又在〈談跳舞〉描繪了一位稱為「月女」的，非常秀麗的馬來亞華僑：

　　從另一個市鎮來的有個十八九歲的姑娘，叫著月女，那

---

[088]　張愛玲：《張看──張愛玲散文結集》（下冊）北京：經濟日報，2002，第254頁。

[089]　《小團圓》臺北：皇冠，2009年，第47-48頁。《小團圓》裡更多張愛玲關於「馬來亞僑生」之描寫，見第四章。

卻是非常秀麗的，潔白的圓圓的臉，雙眼皮，身材微豐。第一次見到她，她剛到香港，在宿舍的浴室裡洗了澡出來，痱子粉噴香，新換上白底小花的睡衣，胸前掛著小銀十字架，含笑鞠躬，非常多禮。她說：「這裡真好。在我們那邊的修道院裡讀書的時候，洗澡是大家一同洗的，一個水泥的大池子，每人發給一件白罩衫穿著洗澡。那罩衫的式樣……」她掩著臉吃吃笑起來，彷彿是難以形容的。「你沒看見過那樣子 —— 背後開條縫，寬大得像蚊帳。人站在水裡，把罩衫撸到膝蓋上，偷偷地在罩衫底下擦肥皂。真是……她臉上時常有一種羞恥傷慟的表情，她那清秀的小小的鳳眼也起了紅鏽。她又說到那修道院，園子裡生著七八丈高的筆直的椰子樹，馬來小孩很快地盤呀盤，就爬到頂上採果子了，簡直是猴子[090]。

在這一段文字裡，我們又可以見到「痱子粉」這個名詞的出現。在前面第一章，我們已經談過了這種在熱帶南洋很盛行的，可預防身體長痱子的香粉之出現。《紅玫瑰與白玫瑰》這篇小說裡的女主角，南洋華僑王嬌蕊也有用「痱子粉」的習慣 —— 張愛玲說，男主角振保見到她腳踝上「有痱子粉的痕跡」[091]。

---

[090] 張愛玲：《張看 —— 張愛玲散文結集》（下冊）北京：經濟日報，2002，第254-255頁。

[091] 張愛玲：《傾城之戀 —— 張愛玲短篇小說集之一》臺北：皇冠，1991，第69-70頁。

這位月女姑娘跟外表比較粗俗的金桃姑娘，雖然來自馬來亞不同的市鎮，卻都是馬來亞修道院學校出身。從張愛玲對月女學校洗澡間的說法，依我的推測，她很可能來自聖嬰女子學　校（Convent of the Holy Infant Jesus）。這是因為這所學校以前的寄宿生皆罩上「寬大得像蚊帳」的罩衫，

罩衫

在學校公用澡堂洗澡 —— 這種罩衫可算是這學校的「註冊商標」之一。今天，學校已沒有再收寄宿生，而這樣的罩衫，也已走入歷史。在這裡，我附了一張在新加坡聖嬰女子學校的「回憶廊」，拍下的罩衫圖片。（張愛玲在港大時，新馬原不分家）。

馬六甲

　　聖嬰女子學校在當年馬來亞半島與新加坡都有多間分所。但是，從張愛玲敘述的周圍環境看來，我推測它的地點在馬六甲。馬六甲聖嬰女子學校地理位置，是緊靠大海（馬六甲海峽），叫「怡力」（Bandar Hilir）的沙灘地區。這個歷史悠久的地段，早在四百年前已有記錄[092]。早期在這所學校求學時，我自己也親見校園後方茂密生長著的大片椰林，現在也還殘留幾許。這所學校，也是國際知名女作家 Shirley Lim Geok Lin（現居美國）之母校。

　　如我的推測為正確，「月女」可能是個馬六甲人（或祖先為馬六甲人）。「月女」這樣的名字從沒聽過，但「月娘」這樣的名字，在馬六甲倒是有的 —— 羅馬拼音為「guat neo」。Guat 就是從廈門語的「月」字，而 neo 則是「娘」。而名字帶著「娘」字的，很多為娘惹人。我個人從小認識的就有「來娘」、「瑞娘」等 —— 有些大概與鄭和船上的人有點關係。在第一章，我從紅玫瑰王嬌蕊的語言、生活習慣，揣測她為這一派族人。不知張愛玲會不會是觀察了她的同學月女的生活習慣後，靈感突發，才能把紅玫瑰這位小說人物寫得生動如真呢？

　　但是，雖然對月女的婉約、禮貌稱讚不已，張愛玲對她的思維想法，就有一番見地了：

---

[092]　在古地圖中，這地區稱「Yler」：見 Mills, J.V., Eredia's Description of Malaca, Kuala Lumpur, MBRAS, 1997, 第 20 頁。

　　有一個時期大家深居簡出，不大敢露面，只有（月女）一個人倚在陽臺上看排隊的兵走過，還大驚小怪叫別的女孩子都來看。她的空虛是像一間空關著的、出了黴蟲的白粉牆小房間，而且是陰天的小旅館 —— 華僑在思想上是無家可歸的，頭腦簡單的人活在一個並不簡單的世界裡，沒有背景，沒有傳統，所以也沒有跳舞。月女她倒是會跳交際舞的，可是她只肯同父親同哥哥跳[093]。

　　張愛玲亦提到了這位馬來亞華僑也有個在港大讀書的哥哥：

　　她大哥在香港大學讀書，設法把她也帶出來進大學，打仗的時候她哥哥囑託炎櫻與我多多照顧她，說：「月女是非常天真的女孩子」。她常常想到被強姦的可能……[094]

　　從上面的對話來看，被張愛玲記上一筆的南洋華僑，都是來自「馬來亞」。雖馬來亞華僑在「提名率」可謂是「南洋第一」的，但其實在〈談跳舞〉裡，張愛玲也有說到另一位 —— 那就是從「盤谷」來的「暹羅女孩子瑪德蓮」：

　　還有個暹羅女孩子瑪德蓮，家在盤谷，會跳他們家鄉祭神的舞，纖柔的棕色手腕，折斷了似地別到背後去。廟宇裡

---

[093]　張愛玲：《張看 —— 張愛玲散文結集》（下冊）北京：經濟日報，2002，第255頁。

[094]　張愛玲：《張看 —— 張愛玲散文結集》（下冊）北京：經濟日報，2002，第255頁。

的舞者都是她那樣的十二三歲的女孩，尖尖的棕黃臉刷上白粉，臉是死的，然而下面的腰腿手臂各有各的獨立的生命，翻過來，拗過去，活得不可能，各自歸榮耀給它的神。然而家鄉的金紅煊赫的神離這裡很遠了。[095]

「暹羅」(Siam) 為泰國的舊稱，位於馬來半島之北方。「盤谷」現稱「曼谷」，為泰國的首都。像月女一樣，這位瑪德蓮小姐在張愛玲眼中行為、想法也不行，她有張「尖尖的棕黃臉」。

■〈洋人看京戲及其他〉

〈洋人看京戲及其他〉是張愛玲另一篇膾炙人口的散文。這樣的標題，也是令人費解的 —— 為什麼要從洋人的眼光來看呢？這到底是什麼意思？跟華僑又有什麼關係呢？

張愛玲大概也是知道其中深奧，在此篇散文卷首，就先提供了這樣的解釋：

用洋人看京戲的眼光來看看中國的一切，也不失為一樁有意味的事。……多數的年輕人愛中國而不知道他們所愛的究竟是一些什麼東西。無條件的愛是可欽佩的 —— 唯一的危險就是：遲早理想要撞著了現實，每每使他們倒抽一口涼氣，把心漸漸冷了。我們不幸生活於中國人之間，比不得華僑，

---

[095] 張愛玲：《張看 —— 張愛玲散文結集》(下冊) 北京：經濟日報，2002，第254 頁。

可以一輩子安全地隔著適當的距離崇拜著神聖的祖國。那麼，索性看個仔細吧！用洋人看京戲的眼光來觀看一番吧。有了驚訝與眩異，才有明瞭，才有靠得住的愛[096]。

就拿「京戲」（一個中國傳統文化代號）來說，要如何來看待並評論、分析呢？根據張愛玲這一番話，可以從三種不同的角度來看。第一是用自己「中國人」的眼光，第二是「華僑」，而第三則是「洋人」。

在這裡，張愛玲終於選擇了用第三種眼光（洋人的眼光）來評論京戲。不選擇中國人的眼光的理由，是因為他們無條件地「愛中國而不知道他們所愛的究竟是一些什麼東西。」張愛玲認為這樣的態度可貴但「危險」，因為「遲早理想要撞著了現實」。我想張的意思是，這種愛有點像小孩對自己母親的愛。日子久了，長大了，看清楚了 —— 也許嘴裡會有些「不可對外人言」的話。

張愛玲也不選用「華僑」的眼光。她怎麼知道華僑會怎麼看？無疑這是因為她在港大與大批的馬來亞華僑長年接觸、觀察而來的。不能從華僑之眼看，理由是：雖然他們的愛跟上面有點相似 —— 也像小孩對母親的崇拜 —— 但是因為他們沒有「生活於中國人之間」，所以「可以一輩子安全地隔著適當的距離崇拜著神聖的祖國」。我想這句話的意思就是，他

---

[096] 張愛玲：《張看 —— 張愛玲散文結集》（下冊）北京：經濟日報，2002，第226頁。

們的愛是帶著「無知」的因素。如果真是這樣，那就更危險了。最後，她選用了「洋人」的眼光[097]，也就是相對來說比較冷靜客觀的一種。這樣到底恰不恰當，當然又是個見仁見智的問題了。

鳳冠上的祖母綠玉翡翠

從這一章裡，我們可以發現，張愛玲的作品中，不只小說有大量的南洋元素與情結，她多篇膾炙人口「重量級」的散文裡，南洋人物與形象也是頻頻出現。張愛玲信手拈來，用極自然、歡快的言語，情意切切地把她二戰時在港大的多位南洋華僑同學精彩的人生，刻印了出來。

如果少了關於這群曾在香江留下腳步的南洋華僑，〈燼餘錄〉這篇散文可能就寫不成了，〈談跳舞〉少了分量，而〈洋人看京戲及其他〉也就失去了那種能夠讓人深思遠憂的意義了。

張愛玲雖然還是張愛玲，但是如果這樣的情形出現的話，一下子少了這麼多經典 —— 就好像鳳冠上掉了幾顆祖母綠的翡翠 —— 也是件太令人不敢想像的事了。

---

[097] 張愛玲「洋人的眼光」可能是從她港大的恩師 —— 歷史教授佛朗士，那裡得來的。在〈燼餘錄〉裡，她曾坦言「我們從他（佛朗士）那裡得到了一點歷史的親切感和扼要的世界觀，可以從他那裡學到的還有很多很多。」張愛玲：〈燼餘錄〉，《張看 —— 張愛玲散文結集》（上冊）北京：經濟日報，2002，第35頁。

第三章
電影劇本：張愛玲的「南洋電影人」

　　張愛玲讓南洋人在戲臺上，上演了一部部跟他們
自己有關係的、反映廣泛現實題材的故事。觀眾在臺
下，則觀賞了一個有機的綜合多元文化的世界……

有請張編劇家……

40 年代初在上海生活的張愛玲大作家，左手寫小說，右手寫散文 —— 處處逢源，讀者日增。她這時候寫出許多高水準的、帶著濃濃韻味的「張腔」小說、散文 —— 深受當下的學者、讀者青睞，張愛玲小說與散文與南洋千絲萬縷的關係，此書也已經在第一章與第二章分析過了。

到了 40 年代中旬，因逢亂世，她一向所擅長書寫的、靈氣非凡的小說散文，竟然有好一段日子無法刊登了。這時候，她在家裡做什麼呢？答案是：她關起門來，也開始涉獵「劇本」這種文類了。張子靜下面這段話，告訴了我們張愛玲初入電影界之時間與情況：

> 由於「抗戰勝利初期對她喧鬧一時的指責」，我姐姐一九四六年幾乎沒有發表作品。……那年要見她，已不若前兩年那麼困難了。姐姐在外面參加座談會等公共場合，一向穿著華麗，甚至奇裝異服。但是在家裡，她穿得很簡便。她神色沉靜，說她仍然在寫作，還為電影公司編寫電影劇本。對於外面小報的嗤言流語，她從來不提。關於姐姐編寫電影劇本《不了情》，《太太萬歲》……現年八十六歲的文化界前輩龔之方先生最為了解 [098]。

---

[098] 張子靜：《我的姐姐張愛玲》上海：文匯，1996，第 106 頁。

　　相對來說，張愛玲的電影劇本，作品不是很多，讀者也較少，屬於較不為人注意之一環。話雖如此，卻也有日益重要的趨勢 —— 越來越受「張學」研究者重視 [099]。這是因為張愛玲在 1995 年逝世後，號召力不但不減，反而愈強 ——讀者群對張愛玲的小說散文極力追求，如痴如迷。但是，張愛玲已經沒有可能再寫出新的小說散文了。這樣的事實，造成了她從前鮮為人知、其他形式的舊作品 —— 如電影劇本 —— 也紛紛出土，一時隨之洛陽紙貴。

　　整體而言，張愛玲編寫過的後來成功上映的電影劇本，可以分為兩段時期來談。第一段時期是 40 年代中期的上海。這時候，她主要為導演桑弧寫了兩部作品，那就是：《不了情》(1947) 與《太太萬歲》(1947) [100]。

　　當年，桑弧與吳性栽聯合創立文華影業公司，想邀張愛玲寫劇本，就讓跟張愛玲有交情的編輯柯靈出面，請張愛玲吃飯。起初，因為張愛玲自認為是「門外漢」，猶豫不已。但

[099]　較近期發表、出版的，關於張愛玲的電影劇本的文章與書籍包括，夏蔓蔓（梁秀紅）：〈戲夢與蛻變：漫談張愛玲的《不了情》電影劇本〉《香港文學》2016 年 4 月第 376 期，第 70 頁；李歐梵：《睇，戒：文學，電影，歷史》香港：牛津 2008；藍天雲編：《張愛玲電懋劇本集》香港電影資料館，2010；黃淑嫻〈張愛玲為香港電影帶來了什麼？〉沉雙編：《零度看張》香港中文大學，2010，第 119 頁；蘇偉貞〈上海，一九四七・張愛玲電影緣起〉《長鏡頭下的張愛玲：影像・書信・出版》臺北：印刻 2011，第 23 頁；河本美紀〈《國際電影》中的張愛玲〉林幸謙編《傳奇。性別。系譜》臺北：聯經，2012，第513 頁。

[100]　張愛玲也曾在 1944 年，把自己的小說〈傾城之戀〉改編成四幕話劇：張愛玲：《張看》經濟日報，2002，第 372 頁。

在一行人誠意滿滿地力邀下，果然為之所動，與桑弧等人合作愉快，直到她離開上海到香港為止：

1946 年 7 月，桑弧在石門一路東里家中請客。龔之方第一次見到了張愛玲。那時桑弧與吳性栽合辦了文華影業公司，很想請張愛玲編劇，特別去委請柯靈代為介紹。那天的客人，除了張愛玲，還有柯靈、炎櫻、魏紹昌、唐大郎、胡梯維（鴛鴦蝴蝶派作家）及他的夫人金素雯（京劇花旦）、管敏莉等人。⋯⋯

龔之方在文華電影公司仍負責宣傳工作。他記得與桑弧去請張愛玲寫電影劇本，起先她一面對露猶豫之色，說她沒寫過，很陌生。⋯⋯後來張愛玲終於站起來，很爽快地說道：「好，我寫！」[101]

張愛玲編寫劇本的第二個高峰期，則是在 1957 至 1964 年間的香港。這段時期，她為香港電懋公司編寫、後來成功上映的 8 部劇本有：

（一）《情場如戰場》（1957）；

（二）《人財兩得》（1958）；

（三）《桃花運》（1959）；

（四）《六月新娘》（1960）；

（五）《南北一家親》（1962）；

---

[101]　張子靜：《我的姐姐張愛玲》上海：文匯，1996，第 108 頁。

（六）《小兒女》（1963）；

（七）《一曲難忘》（1964）；

（八）《南北喜相逢》（1964）。[102]

這些年來，雖然張愛玲的電影劇本散逸各地，但是最近它們已陸陸續續出版。目前筆者所見到的、收集最齊全的張愛玲香港電懋公司上映劇本，是香港電影資料館 2010 出版的《張愛玲電懋劇本集》（藍天雲編）。

綜觀以上背景，接下來要考慮之正題是：張愛玲的電影劇本裡，可有南洋的人物與符號的痕跡？如有，她又是用怎樣的方法來表達？它們又應該如何來詮釋呢？這些問題，都是要透過深度閱讀她的電影劇本後，才能一一考證與解答的。

張愛玲電影劇本中之「南洋書寫」

■《六月新娘》：華僑「眾生相」

在張愛玲所編寫的電影劇本中，《六月新娘》（*June Bride*）[103] 可以說是最偏重「南洋風味」的一部。《六月新娘》

---

[102]　藍天雲：《張愛玲電懋劇本集》（第一集），香港電影資料館，2010，第 16 頁。張愛玲曾經執筆寫過，但沒有上映的電影劇本包括：《紅樓夢》上下集（原稿下落不明）與《魂歸離恨天》。

[103]　藍天雲：《張愛玲電懋劇本集》（第一集），香港電影資料館，2010，第 71 頁。

由香港電懋公司製成電影後，1960 年在香港首映。

張愛玲的這部劇本，總共有 68 場戲。劇本卷首有「人物（出場序）」。從這個「人物（出場序）」表看來，毋庸置疑張愛玲在電影裡「派」了兩位華僑靈魂人物上場。第一位是領銜主演的男主角董季方，再者就是分量少一點，但也是舉足輕重的男配角林亞芒。且看這兩個人在張愛玲筆下，有怎樣的來歷，性格、習慣又是如何。

董季方（簡稱董）：

南洋橡膠大王的兒子，二十九歲，受過完美教育，故無紈褲子弟的傾向，但乃難免「大少爺」氣派，喜歡結交朋友，懂得各種「玩樂」，自以為很有分寸。

林亞芒（簡稱芒）：

二十七歲，膚色黝黑，菲律賓華僑，習音樂，人品介乎音樂家與洋琴鬼之間，生活習染完全洋化。

這兩位人物是哪國人呢？從張愛玲上面的「人物（出場序）」簡介看來，林亞芒顯然是「菲律賓華僑」。但也不只這麼簡單。在第一場戲，有對「路過的夫婦」在私底下議論林亞芒：妻子說林亞芒是「菲律賓人」，但是丈夫則覺得有必要改正她的說法，即接口說：「不是菲律賓人，是那裡的華僑。」可見其複雜性。林亞芒在跟人談話時，又再進一步地說明自己的出身：「從小生在香港，十八歲到菲律賓，南美洲也去

過。……對現代爵士音樂有一點研究。」這樣幾句話，又把香港與南美洲牽連進去。無論如何，張愛玲的意見，是把他歸為「菲律賓華僑」。既然張愛玲是劇本之「造物者」，道理是她的 —— 當然是她說了算。

那麼，主角董季方到底又是哪國人？他的國籍，無論在「人物（出場序）」或劇本文字內，都沒有明言 —— 張愛玲只是暗喻 —— 說他是「南洋橡膠大王的兒子」。這項資料只要不鑽牛角尖，也是夠震耳欲聾的了 —— 三、四十年代世界名列前茅的「橡膠出產國」，也只有「馬來亞」當之無愧[104] —— 這對於當代人屬於普通常識 —— 所以張愛玲也就不屑說明了。這裡提醒一下，此書第二章在探討張愛玲〈燼餘錄〉與《小團圓》的對應性時，談到了一位二戰時在港大結婚、「家裡又有錢，有橡膠園」的南洋青年才俊，李醫生 —— 這人物無疑是「馬來亞僑生」[105]。從這些資料推論，《六月新娘》裡的董季方，幾乎可斷定是位從馬來亞來的華僑。

從《六月新娘》的文字看來，它也許可歸類為一種「浪漫喜劇」（romantic comedy）。劇本以輕鬆笑鬧的筆調為主，勾出一部有關浪漫男女情愛以及人與人之間複雜關係的故事。女主角汪丹林是上海「敗落世家子」汪卓然之獨生女，芳齡

[104] 見 Funk & Wagnalls New Encyclopedia, Vol 22, USA: Funk & Wagnalls Corp，第 426 頁。
[105] 張愛玲：《小團圓》臺北：皇冠，2009，第 58、71、72 頁。

二十四。她堅定不移的愛情觀是：「愛情的眼睛裡面不能容下一顆沙粒」。汪丹林的未婚夫是「橡膠王子」董季方。兩人戀愛幾年後，就打算結婚。董季方雖為南洋人，但客居香港——所以婚禮欲在香港舉行。

當汪丹林與父親坐郵船到香港的路途中，熱情洋溢的菲律賓華僑林亞芒，剛好是同舟乘客，對汪丹林展開了大膽的追求。那董季方也不是省油的燈——在香港亦認識一位在舞廳工作，張愛玲認為帶少許「俠氣」的「紅粉知己」——白錦小姐。雖然汪丹林對林亞芒、董季方對白錦，都沒有結婚的意思，但因為種種令人啼笑皆非、曲曲折折的誤會，造成了董汪兩人結婚正日，鬧出了汪丹林這位「醋桶子新娘」缺席，由假新娘白錦頂替的事件——雖然最後終究是有情人成眷屬，叫人鬆了口氣。

此外，這個電影劇本裡，也還另外出現了一位「外洋華僑」——麥勤。張愛玲在「人物（出場序）」裡這樣介紹這位戲份比較輕的小配角：

麥勤（簡稱麥）三十二歲，身材粗壯，香港出生，十九歲時到外洋輪船上做事，14 年後衣錦還鄉，積了一些錢，想討一個太太，六分中國愣小子加上四分洋水手的氣味。

麥勤雖在香港出生，但大多時間也不住什麼國家，就在外洋輪船上當海員，周遊列國。沒在船上的日子，又住在

「美國舊金山林肯街三百二十九號」親戚家。他的國籍身分，華僑是華僑，但如真的要說清楚，看起來就要煩勞法律專家了。話說董季方自己鐵定了心要跟汪丹林結婚，想把白錦介紹給麥勤。但是，怎知後來陰陽差錯，麥勤誤以為汪丹林就是白錦小姐，很快掉入了情網——不經意釀成了個「五角戀」。這時，故事的發展，變得更多轉折，也笑料百出。

還有一點就是，劇本裡也試圖解析部分觀眾心目中公式化的「回鄉華僑」形象。依汪丹林的父親（汪卓然）的口氣，他們皆是投資家：

> 你們華僑回國，多少有點積蓄，我勸你買我公司的股票，利息大又穩當。怎麼樣？要不要？[106]

張愛玲似乎要解釋，汪卓然這樣的意見太籠統。劇本裡的「南洋橡膠大王」董家，確是名副其實的大財主。但是，菲律賓華僑浪子林亞芒就不是了。雖然與舊金山有少許關係的「海員華僑」麥勤苦拚了14年，帶了點「老婆本」，風光回港，但大概也只是比林亞芒好一些而已。

從上面的探討，可以得出《六月新娘》這個電影劇本，其實就是幅馬來亞、菲律賓、美國舊金山（或說是航船上）的「華僑眾生相」。當中，張愛玲對馬來亞人董季方與菲律賓人林亞芒這兩位的描繪較細膩。

---

[106] 藍天雲：《張愛玲電懋劇本集》（第一集），香港電影資料館，2010，第73頁。

其實，汪丹林的國籍身分，也有點耐人尋味的地方。她在談起上海時，總是說「從前在上海時」。而且她乘的郵船，也不是從上海來，而是「從日本來」。所以，就連汪丹林，其實也可能只是「從前」是上海人，後來成了日本華僑 —— 雖然這一點在文本中，不大能確定。

■《一曲難忘》：私奔獅城的小情人

《一曲難忘》（*Please Remember Me*）這部張愛玲編寫的電影劇本 [107]，也是由香港電懋公司製作的。它的上映日期比《六月新娘》晚了四年 —— 1964。

《一曲難忘》這部共有 33 場戲的劇本，也許可把它看待成一部以歷史為背景依據，來寫現實社會之愛情故事。劇本前幾場，重塑了男主角伍德建與女主角南子在二戰打到香港之前，香港歌舞昇平的世界，以及這對情人結識的過程與交往的日子。後面大部分劇情，則是在二戰於香港開鑼後徐徐進行。這個歷史性的、二戰爆發日期（1941 年 12 月 8 日）—— 躍然於劇本頁中 —— 令人想起也是以二戰為背景的〈傾城之戀〉與《小團圓》：

鏡頭移上，停在日曆上，赫然是 1941 年 12 月 8 日，遠遠傳來沉重的爆炸聲數響。南聽炮聲，但並不關心 [108]。

---

[107]　藍天雲：《張愛玲電懋劇本集》（第 4 集），第 43 頁。
[108]　藍天雲：《張愛玲電懋劇本集》（第 4 集），第 52 頁。

《一曲難忘》的女主角南子，身世低賤可憐 —— 是個在香港賣唱的女歌手。男主角伍德建，則是個「還在唸書」的學生：

伍：你怎麼知道我們是學生？

南：一看便知道。

雖然張愛玲沒有說明伍德建是在哪一類的學府求學，但從劇本中，可以推測他很可能是個大學生。伍德建到南子的家裡作客，南子的母親眼睛沒有南子的尖，誤以為他已經在工作了：

母：伍先生在哪裡得意？

伍：我還在唸書。（眼偷望南與徐）

母：哦，府上在哪兒？

伍：在秋山道。

母：哦。那邊屋子好講究呀。

從這一段談話中，顯然伍德建已有了成年男子的模樣。他的家既置在「屋子好講究」的秋山道，家境應該是不錯的。但是因為伍德建與南子的社會階層殊別，他們的交往，遭伍母反對（他母親「不許」他跟「女歌手來往」）—— 是的，是部老掉牙的劇情戲 —— 但卻不能否定它也是種長春的社會實情實景。伍母的這層擔憂，加上伍先父的願望，造成伍在很

短的時間內得離開香港到美國去深造「兩年多」[109]。而從南子寫給伍德建的信，可斷定伍是到了美國著名的哥倫比亞大學：

（信封特寫：Mr Woo Tek Chean（伍德建）Columbia University, 116th St, WNY, USA 唐寄）[110]

從考釋的角度來看，上面這些資訊的重要性，其實並不在於伍德建去了哪所大學，而是在時間線上——從伍德建在二戰前夕出發，還有在美國大學只待了兩年多就學成歸來這兩條線索，可以推算出，伍德建是個在香港的大學只念了一半，而轉校到哥倫比亞大學去唸的轉學生。雖然伍母對兒子戀情之擔憂起了決定性的影響，但依我看，也有可能也是因為害怕香港戰火，就讓伍德建轉去美國求學。雖然當時的香港還是「舞照跳、馬照跑」，其他地方已處於水深火熱中——伍與南子在離別前夕在舞廳見面，伍這樣說：

香港這情形真是看不出，已經抗戰四年了。

香港是世外桃源，打仗反正打不到這裡來[111]。

哪知道這些話還歷歷在耳，幾個月後，香港也被扯進戰火裡了。

如果伍德建在哥倫比亞大學唸書只有「兩年多」就畢業，

[109]　藍天雲：《張愛玲電懋劇本集》（第四集），第 56 頁。
[110]　藍天雲：《張愛玲電懋劇本集》（第四集），第 52 頁。
[111]　藍天雲：《張愛玲電懋劇本集》（第四集），第 52 頁。

很有可能他在香港已唸了一半，然後轉到美國繼續唸完剩下的學業 —— 伍德建的作風，有沒有可能是張愛玲參照了她二戰時期港大真實生活裡其中一個南洋同學在烽火中力求畢業之辦法，有感而發的呢？我的這個假設是很有可能成立的 —— 因為，其實張愛玲自己也差不多一樣 —— 只是她沒到美國去，而是回到上海，轉到當地的聖約翰大學 [112]。

很可惜《一曲難忘》電影劇本的「人物表」，沒有像《六月新娘》那樣，詳細介紹主角、配角的身分背景。但在文本中，南子好像是長居香港，而男主角雖是也住在香港，但與「新加坡」有某種密切的關係。這點我們在下面還會再詳談。

話說伍德建與南子，在戰爭期間斷了音訊。伍在美國高枕無憂，但南子就不一樣了 —— 如果說歌女已受歧視的話，後來她已落魄到站街的程度了。故事後來的發展，是個現代故事裡少見的大團圓 —— 伍德建尋回了南子 —— 但當然不住在有伍母的香港，而是「一起搬去」（或說是私奔）新加坡，打算幸福快樂，直到永遠。這部以二戰為背景的劇本顯然有〈傾城之戀〉的影子。

「新加坡」這個張愛玲心目中的「南洋幸福小島」—— 從劇本的第 27 場到 33 場，簡直變成了一個關鍵詞。在第 27 場，伍德建當機立斷，向南子提議兩人一起到新加坡去：

---

[112]　張子靜：《我的姐姐張愛玲》上海：文匯，1996，第 107 頁。

伍：跟我走，我禮拜六動身，去新加坡，在那邊做事[113]。

但因為伍只說「在那邊做事」，而不是「回我的故鄉」—— 我的猜測，他不是個新加坡人。但是，他對南洋似乎是熟悉的，會不會也是馬來亞內陸（半島）來的呢？會不會是因為伍母反對他們的交往，導致他們沒有回去親戚眾多的半島故鄉，而是退而選擇「新加坡」？當然，張愛玲在劇本裡並沒有給予答案。

第 28 場，張愛玲寫兩人策劃如何乘坐禮拜六「晚上十點鐘」的船，遠走高飛到新加坡。第 29 到 30 場，則寫南子有可能走不成的其中曲折。到了第 33 場這個高潮，景點換成了「輪船碼頭」。但是，開場的時候，南子並沒有出現：

伍在去新加坡的船上，無精打采的靠在欄杆上向下望無數之送行人[114]。

但是最後，南子終於成功赴約。伍見到了她大喜，扶南子「走向船去，兩人於淚眼中露出笑容，走上吊橋。」

---

[113]　藍天雲：《張愛玲電懋劇本集》（第四集），第 57 頁。
[114]　藍天雲：《張愛玲電懋劇本集》（第四集），第 58 頁。

早期新加坡碼頭

■《人財兩得》：從爪哇島到新加坡

　　《人財兩得》又是另一部張愛玲為香港電懋公司編寫的、帶有南洋人物描述之電影劇本 [115]。電影 1958 在香港首映。如果上面談過的《一曲難忘》是部帶著濃濃的「苦情」之味的劇本 —— 那麼，《人財兩得》就不一樣了 —— 是部有點搞笑的打鬧喜劇。

　　《人財兩得》的英文題目譯為 *A Tale of Two Wives* ——顧名思義 —— 說的就是男主角孫之棠（一位住在香港的「二十七、八歲潦倒的作曲家」），與他前後兩個太太的故事。張愛玲在劇本的「人物」部分，這樣形容他的兩位太太 —— 方湘紋與于翠華：

---

[115]　藍天雲編：《張愛玲電懋劇本集》（第二集）香港電影資料館，2010，第 17 頁。

方湘紋：孫妻，嫻靜，但略有點稚氣任性。于翠華：孫之前妻，二十七八歲，妖豔，也稍有點「十三點」。

本來，孫之棠與于翠華應該是已經「生米煮成熟飯」的離婚怨偶了。通常的結果應該是男婚女嫁，各不再相干。孫之棠後來娶了第二任太太方湘紋，而且後者有了身孕——但問題是，張愛玲說這個于翠華有點「十三點」——意思大概就是說她不懂得時宜禮俗——她雖離了婚，但又好像忘記她已離了婚，像沒事一樣，跟前夫之間的一舉一動都想像從前一樣。這位孫之棠，某次到唱片公司李經理的家中做客，從另一位客人（趙太太）口中，得知了住在新加坡的于翠華，正在到處打聽孫之棠在香港的地址：

趙太太：翠華正在到處打聽你的地址呢！……

之棠：她……她在香港？

O. S. 趙太：她在新加坡，可是她說要到香港來找你呢！

這位趙太太是位「四十多歲的有錢太太」，本是翠華的朋友，也是從前翠華之棠的證婚人。從文本來看，趙太太不是道地的香港人——來香港定居只有「一年多」而已。但是，因為趙太太像是很熟悉翠華在新加坡的動作與行為，她這些沒有明說的動作告訴了觀眾，她在香港定居之前，也很可能是長居新加坡的。

後來，翠華還真的「老遠從新加坡跑來」找孫之棠。她知

道了孫的地址以後，就帶著幾個紙片上寫著「新加坡來」的行李箱，快速地乘的士（計程車）到孫家，打算來長住：

〔PAN〕一個的士司機掀開繩上溼衣入室，提二箱，置地，轉身出。

S.C.（之棠趨前檢視箱上所掛紙片）

C.U.（赫然寫著「于翠華」名字，寫明新加坡來。）

C.U.（之棠見了一驚。）

當之棠「提醒」翠華他們已經離婚了，翠華竟然說：「從前離婚都是怪你不好，現在我原諒你了，你還怎麼著？」當之棠又告知他已經跟方湘紋結婚了。但是翠華還不死心，就說因為他們是六年前在爪哇辦離婚的，因為都不明白荷蘭文的檔案，所以他們的離婚為無效：

之棠：這不是覺不覺得的問題，我記得六年前我們在爪哇離了婚。

翠華：對了，在爪哇。用的是荷蘭，嘰哩咕嚕誰知道他在說什麼？怎麼能認真？

這裡，張愛玲提到了南洋印尼的首都——爪哇。印尼還沒獨立前，本是荷蘭的殖民地。在這裡，張愛玲間接地為她的讀者介紹了這一個事實。印尼的公文，本來應該要用印尼文才對——但是荷蘭文卻通行。這裡就揭示了荷蘭人在印尼

這個南洋殖民地的巨大影響力。雖然翠華這樣的論點在法律上是有疑慮的，但翠華接下來又「利誘」之棠，說她在「新加坡開飯店的那個三叔」已經死了，留了一百萬給她，問這個窮音樂家願不願意幫她花錢？

　　翠華：去年我三叔死了。

　　O. S. 之棠：三叔？

　　翠華：你不記得了？（轉身）在新加坡開飯店的那個三叔。……三叔死了，留下了一百萬塊「錢」給我。

　　奇怪的是，這方湘紋也同樣是個「十三號」—— 居然沒有跟她撕破臉皮，也好像可以接受。雖然口氣酸溜溜，卻也能跟她講道理。

　　但孫之棠好像要狠下心來，決定不顧一切，「人財兩得」之際，他的朋友高律師卻又發現之棠與翠華原來是在 1947 年 4 月 17 號在「東加島」結婚的，在 4 月 23 號離開東加島到澳洲蜜月旅行 —— 因為沒有在東加島住滿七天，所以在當地法律上其實他們的婚姻從一開始就是無效的。這個東加島（Rarotonga）的地理位置在南太平洋，而不是東南亞的南洋。但是，跟南洋也一樣是蕉風椰林的熱帶風光。

　　鬧到最後，長話短說，就是于翠華無功而返，錢財留給了之棠的新生兒。

■《情場如戰場》：又見新加坡

同樣由張愛玲編寫、香港電懋公司製作、1957 年公映的
《情場如戰場》（英譯為 *The Battle of Love*）雖沒有《人財兩得》
這般曲折刁鑽，卻也是部帶著小聰明的喜劇。《情場如戰場》
的劇本 [116]，也明顯地帶有南洋色彩 —— 但是如果跟上面所
討論的三部劇本相比的話，分量比較少。

簡單來說，《情場如戰場》的主要情節，環繞著芳齡
二十一歲的女主角葉緯芳，多彩的感情生活。張愛玲筆下的
她 ——「美豔善交際」—— 所以引來許多狂蜂浪蝶，也就不
足為奇了。

但是在眾男子中，出現了一個沒有名字的、人人稱為
「王壽南的兒子」之「神祕人物」。這個人物的「代稱」雖然頻
頻出現於劇本中，但是卻「只聞樓梯聲，不見人下來」——
遲遲不見他有什麼動靜。從劇中人物口中傳達的訊息，這個
人注定「將來」成為眾追求者的心腹大患 —— 因為他「就快
要」與葉緯芳見面 —— 雖然暫時還沒有。

這樣一個惹得人心惶惶、舉足輕重的人物，到底是誰呢？

根據張愛玲的「人物」表，葉緯芳的父親（葉經理）所經營
的公司，董事長是「王壽南」—— 一位「星洲富豪」（新加坡舊

[116] 藍天雲：《張愛玲電懋劇本集》（第一集），第 45 頁。暫名為《情戰》。

時也稱星洲）。這不由得讓人憶起《六月新娘》、《一曲難忘》與
《人財兩得》裡的「南洋客」——不管是男還是女——只要是
來自新加坡或是馬來亞，那他／她肯定就是條大魚。在這裡，
張愛玲自己也有點像《六月新娘》裡面的汪卓然，犯了「人物
籠統化／公式化」（stereotyping）之嫌。話雖如此，我想，張愛
玲的目的大概是想在讀者／觀眾的想像中，建立一種重複性，
為劇本的核心要素（貪財）添上一層濃彩，加深他們的印象。

　　第 21 場戲 [117] 演的是王壽南從香港回新加坡一趟。他只
是這樣出一出門，張愛玲就特意設計了一個誇張的排場，讓
一行人（葉經理、記者、送行者）必恭必敬、浩浩蕩蕩地為王
壽南送機：

　　（葉經理送王壽南迴新加坡。王矮胖，髮與花白，戴黑
邊眼鏡。王上機，攝影記者瞄準鏡頭，一群送行者脫帽揮
動。）

　　王：（忽在機門轉身大聲喚）葉經理！

　　葉：（趨前）噯，董事長！

　　王：我忘了跟你說，我那位孩子到香港來讀書，想請你
照應照應！

　　葉：那當然，那當然，令郎大概幾時動身？

　　王：大概就是下一班飛機。

---

[117]　藍天雲：《張愛玲電懋劇本集》（第一集），第 52 頁。

從上面這一段王壽南與葉經理的對話中，王壽南也向葉經理透露了他的「那位孩子」將要從天而降 —— 到香港求學的消息。這個消息傳出去以後，眾人熱熱鬧鬧地、以各種心情說起這件「大」事。這裡舉幾個例子。在同樣第 21 場，兩位明爭暗鬥的追求者 —— 陶文炳與史榕生，以緊張的心態談起這事：

文：（低聲）他們有事嗎？要是不方便 ——

榕：不，不，沒關係，坐。（兩人坐下）他們在那兒忙著預備招待貴賓。

文：什麼貴賓？

榕：王壽南的兒子明天從新加坡來。

文：就是那位大名鼎鼎的王壽南呀？

榕：嗳。我姑父那公司，他是董事長！

葉緯芳的姐姐（有點男性化的緯苓）的心上人是何啟華教授。但是苦於何教授也拜倒在緯芳的石榴裙下。所以，緯苓也就寄望「王壽南的兒子」快快來港，能夠讓何教授死了條心。在第 25 場 [118]，緯苓與榕生有這樣的對話：

苓：你看緯芳是真愛他麼？

榕：（搖頭）……現在倒有了個何教授。

---

[118] 藍天雲：《張愛玲電懋劇本集》（第一集），第 56 頁。

苓：（迫切地）哦？

榕：可是她不會為了個窮教授放棄文炳的。好在王壽南的兒子明天就要來了，又年輕，又是天字第一號的大闊人。敢保他一來，什麼教授呀、文炳呀，全給淘汰了。這是你唯一的希望。

又在第 37 場 [119]，亦出現了陶文炳與史榕生因為「王壽南的兒子」這個「南洋假想敵」，互相戲謔取笑的場面：

工：老爺坐出去了，今兒一早就上飛機場去。

榕：（向文）噢，去接王壽南的兒子。

（工役走了過去。）

文：（低聲向榕）恭喜恭喜，你的替身來了。人家有了王壽南的兒子，還要你嗎？

（榕苦笑。）

到了最後一場戲（第 39 場）[120]，作家張愛玲要掀底牌了──「星洲稀客」──「王壽南的兒子」──終於來了。他會是誰呢？汽車駛到門前停下。司機下車開門。葉經理下車：

一個十一二歲的男孩跟著下車。吮著一根棒糖，東張西望。

[119]　藍天雲：《張愛玲電懋劇本集》（第一集），第 67 頁。
[120]　藍天雲：《張愛玲電懋劇本集》（第一集），第 68 頁。

領銜主演南洋人

張愛玲的電影劇本——雖然日愈受到重視——一向以來，都是比較少受讀者青睞的一環，研究工作也相對地比較少。對於劇本內南洋元素／情節之發現與深切研究，目前可以說是完全沒有。

從上面考釋的四部張愛玲六十年代編寫的電影劇本，結論是：在張愛玲心目中，「南洋」、「華僑」、「橡膠大王」、「菲律賓」、「新加坡」、「爪哇」這樣的字眼，都是關鍵詞。

張愛玲讓南洋人在戲臺上，上演了一部部跟他們自己有關係的，反映廣泛現實題材的故事。觀眾在臺下，則眼裡觀賞了一個有機的綜合多元文化的世界——他們的生活，從此因為劇裡所介紹的嶄新價值觀豐富了起來，也說不定。

能夠從區區幾部電影劇本裡「提煉」出這麼多的、風情萬千的「南洋書寫」——確是一場意外卻美麗之收穫。它也證明了一件事——那就是，張愛玲與南洋，那種糾結無比、難分難解的緣分——已經成了越來越分明，不可爭的事實了。

第四章
1941《小團圓》：
頑劣紛爭中永遠的甜蜜與溫馨

　　張愛玲沒有義務告訴世界，她心底最深處的、大隱隱於市的祕密。

　　就算她想在自傳小說／小說自傳《小團圓》裡說出來，也是在緊要之處用神祕的方式來暗示。

　　原來，南洋在張愛玲的心目中，也會有這麼重要的地位！這始終是令人出乎意料的。

《小團圓》：傳奇與文類

《小團圓》是張愛玲 1995 年 9 月作古後之遺作。從各界觀點來看，它都可以算是本很獨特，而且很富傳奇性的書。

為什麼說它獨特又富傳奇呢？首先，它的出版過程，不但異常漫長，而且又極為複雜。張愛玲寫作，一貫來以「快」與「準」為作風——所謂「出名要趁早」。但是，她寫《小團圓》這本書，就有點「猶抱琵琶半遮面」——欲說還休，欲說還休地——今天寫了，明天又改；很想要出版，又想一了百了地銷毀它——其中輾轉反側了大約 30 年。

然後，就是《小團圓》的問世，也牽涉到了種種的法律與道德問題。這是因為張愛玲曾在遺囑裡明言，要毀了《小團圓》。張愛玲在 1992 年 2 月 25 日曾給她生前交往了 40 年的宋淇（林以亮）夫婦寫了封信，又在信中附上了遺囑正本。其中，張愛玲是這樣有些囉嗦地在信裡交待了一些身後之事：

還有錢剩下的話，我想用在我的作品上，例如請高手譯。沒出版的出版，如關於林彪的一篇英文的，雖然早已明日黃花。（《小團圓》小說要銷毀）這些我沒細想，過天再說了 [121]。

張愛玲去世後，把所有財產都留給宋淇夫婦，而《小團

---

[121]　宋以朗：〈《小團圓》前言〉，張愛玲：《小團圓》臺北：皇冠，2009，第 3 頁。

圓》的手稿，則被擱置。但是，隨著夫婦兩人前後逝世，兒子宋以朗在法律上成為張愛玲文學遺產的執行人。情況這時起了變化 —— 宋以朗決定出版《小團圓》了。此舉當時在文壇引起了譁然的聲浪 —— 但是宋以朗在《小團圓》前言裡，解釋了他的作法。其中，他認為張愛玲只是在一封普通的信裡（而不是在遺囑正本）提出了要銷毀《小團圓》的說法，而且又說還要「細想」、「過天再說」—— 所以事情還沒蓋棺論定。而且從張愛玲與他父母 40 年來 600 封信中，張愛玲只是要「暫時雪藏」此書[122]。從法律層面講求證據的觀點來看，這樣的論調並不完全是荒謬的 —— 而是可以初步成立。但最後是不是能夠立足，我的看法是，關鍵就在這 600 封信的內容了。

再一個問題就是：《小團圓》到底是屬於哪種文類呢？是本小說？還是自傳？這個問題，也是有討論的餘地[123]。如

[122] 宋以朗：〈《小團圓》前言〉，張愛玲：《小團圓》臺北：皇冠，2009，第 4 頁。

[123] 目前學者各執己見。牽涉此題目的研究文章與書籍包括：陳子善：〈無為有處有還無 —— 初讀《小團圓》札記〉《沉香譚屑 —— 張愛玲生平和創作考釋》香港：牛津，2012，第 131-132 頁；王一心：《小團圓對照記 —— 張愛玲人際譜系》上海：文匯，2009；毛尖：〈所有能發生的關係〉《東方早報，上海書評》2010 年 1 月 4 日；張瑞芬：〈張愛玲小團圓今生今世對照記〉《聯合報》副刊，2009 年 3 月 7 日；林幸謙：〈小團圓的情／欲身體與敘事建構〉《傳奇。性別。系譜》臺北：聯經，2012，第 359 頁；黃念欣：〈「考」與「老」：從語源學與晚期風格論張愛玲《小團圓》的擬真策略〉林幸謙編：《傳奇。性別。系譜》臺北：聯經，2012，第 335 頁；夏蔓蔓（梁秀紅）：〈小團圓之必要〉《星洲日報》2010 年 9 月 19 日；高全之：〈懺悔與虛實，《小團圓的一種讀法》〉《文訊》2009 年 11 月號。

果把《小團圓》當成完完全全的小說，慕名而讀它的人，「肯定是會看得滿頭霧水，大失所望的」[124]。這主要是因為張愛玲用一種跳躍、「片段式」的方法來寫 —— 有的章節有首無尾，有的有尾無首。但是，我的看法是，熟悉張愛玲舊作的讀者就不一樣了 —— 要看出《小團圓》只是張愛玲一件件匿了名的、藏於心底的私事，應該是不太費功夫的。如果與她的散文對照著讀的話，人物、逸事，一個個栩栩如生，一件件鏗鏗如鐵 —— 對號入座，毫不含糊[125]。前面第二章已舉了若干例子，例如：書中的「韓媽」就是張愛玲家裡的女傭何干。

編輯與熟悉《小團圓》的出版社（臺北：皇冠），也將它歸類為「張愛玲自傳小說」。無論如何，不管學者、研究者怎麼說，從法律上講求證據的觀點來看，都應以最珍貴的第一手資料為準[126]。依我看，這類資料就是張愛玲與宋淇幾十年來 600 多封的來往信件。其中在多封信件中，雙方曾多次鄭重斟酌《小團圓》出版之可能。

在一封 1976 年 4 月 28 日中英互摻的信中，宋淇說《小

---

[124] 夏蔓蔓（梁秀紅）：〈《小團圓》之必要〉《星洲日報》2010 年 9 月 19 日。

[125] 這個看法與陳子善（〈無為有處有還無 —— 初讀《小團圓》札記〉《沉香譚屑 —— 張愛玲生平和創作考釋》香港：牛津，2012，第 131-132 頁），王一心（《小團圓對照記 —— 張愛玲人際譜系》上海：文匯，2009，夏蔓蔓（梁秀紅）〈小團圓之必要〉《星洲日報》2010 年 9 月 19 日等的意見一致。

[126] 見 Keane, A. and McKeown, P., The Modern Law of Evidence, Oxford University Press, 2012.

團圓》初稿是一本「thinly veiled」（稀稀用薄紗蓋過）的「自傳體小說」。

這是一本 thinly veiled（筆者按：稀稀用薄紗蓋過），甚至 patent（筆者按：明顯）的自傳體小說，不要說我們，只要對你的作品較熟悉或生平略有所聞的人都會看出來……

在讀完前三分之一時，我有一個感覺，就是：第一、二章太亂，有點像點名簿。……及至看到胡蘭成的那一段……

可是我們可以想像得到一定會有人指出：九莉就是張愛玲，邵之雍就是胡蘭成[127]。

其實單憑宋淇這封毫不含糊、黑白分明的信，就可以證明《小團圓》是張愛玲匿名後的人生自述了。宋淇的這番話是什麼意思呢？從上下文看來，我想他所謂的「自傳體小說」，跟皇冠所歸類的「自傳小說」是一致的，意思就是有自傳性質的小說。這就是說它並不是單純的小說，也不是直截了當的自傳（因為匿名而寫）。反正就是張愛玲人生的真人真事，但以化名述說而又「稀稀用薄紗蓋過」。沒有什麼比這番話更清楚的。這裡「稀稀用薄紗蓋過」的意思，我想就是只是在無關痛癢之處有輕微藝術加工，但不損事發經過、事實與前因後果。

再者，張愛玲自己在另一封給宋淇的信裡（1976 年 1 月

---

[127] 〈《小團圓》前言〉，張愛玲：《小團圓》臺北：皇冠，2009，第 11-12 頁。

3 日）也明說了《小團圓》雖是從不同的角度來寫，但跟她過去的散文（〈私語〉與〈燼餘錄〉）裡的港戰內容是一致的：

　　《小團圓》因為情節上的需要，無法改頭換面。看過《流言》的人，一望而知裡面有，「私語」「燼餘錄」（港戰）的內容，儘管是《羅生門》那樣的角度不同 [128]。

　　張愛玲在另一封 1976 年 4 月 4 日的信中，也間接告訴宋淇《小團圓》的內容，也涵蓋了夏志清教授曾向她提議的，關於她自己「祖父母與母親的事」之書寫：

　　志清看了《張看》自序，來了封長信建議我寫我祖父母與母親的事，好在現在小說與傳記不明分。我回信說，「你定做的小說就是《小團圓》」……[129]」

　　從上面這些有利證據觀來，我們可以結論道：《小團圓》確實是張愛玲自己對自己一生點點滴滴之回憶與總結——只不過真實人物都化了名，而事蹟稍加覆蓋。張愛玲之所以可以這樣地走「中間路線」的原因，就是因為現在「小說與傳記不明分」，歸類含糊。說它是「自傳小說」（有自傳性質的小說）或「小說自傳」（用小說方式來寫的自傳），依我看，都是可以的，雖然我個人認為，說它是「小說自傳」也許更貼切些——只因它的自傳性質是那麼強。張愛玲在《小團圓》

---

[128]　〈《小團圓》前言〉，張愛玲：《小團圓》臺北：皇冠，2009，第 6 頁。
[129]　〈《小團圓》前言〉，張愛玲：《小團圓》臺北：皇冠，2009，第 8 頁。

裡，對自己私事「赤裸裸，沒有隱諱」的自白內容，可以大概用筆者以前寫的一篇文章裡面的話來概括：

> 喜愛跟熟悉張愛玲舊作的讀者……相信皆看得出《小團圓》是張愛玲匿了名的、片段式的私事。我看過後，第一個反應是吃驚。只覺得它是本赤裸裸，沒有隱諱，「tell-all」的書。怪不得作者曾要毀了它。書裡談到的很多。其中有從她幾十年前散文裡抽出來的章節，也有不少是新出爐的人物事蹟。

> 從《小團圓》裡，讀者很可以進一步地了解張愛玲與她的家人。……[130]

關於人物匿名的問題，「張學」專家陳子善教授的意見，亦是《小團圓》裡的「九莉」可看作就是張愛玲自己。隨後，他又把書裡的角色做了一個「人物對照」的解析，其中如下 [131]：

《小團圓》人物	張愛玲真實生活裡的人物
芯秋	黃逸梵（素瓊），張愛玲母親，小說中又稱之為「二嬸」
楚娣	張茂淵，張愛玲姑姑，小說中又稱之為「三姑」

---

[130] 夏蔓蔓（梁秀紅）：〈《小團圓》之必要〉《星洲日報》2010 年 9 月 19 日。

[131] 陳子善：〈無為有處有還無 —— 初讀《小團圓》札記〉《沉香譚屑 —— 張愛玲生平和創作考釋》香港：牛津，2012，第 131-132 頁。

《小團圓》人物	張愛玲真實生活裡的人物
乃德	張志沂（延眾），張愛玲父親，小說中又稱之為「二叔」
九林	張子靜，張愛玲之弟
邵之雍	胡蘭成，宋淇一九七六年四月十五日致張愛玲信中稱之為「無賴人」
比比	炎櫻，張愛玲香港大學同學
燕山	疑為桑弧，電影導演，宋淇一九七六年四月二十八日致張愛玲信中就說「藍（應為燕，係宋淇筆誤—筆者注）山我們猜是桑弧。」

　　我認為研究張愛玲多年的陳子善教授的高見十分精準。在這個表中，可見《小團圓》裡的人物，個個呼之欲出。由此可言，《小團圓》是張愛玲有自傳性質的小說（自傳小說），或者說是用小說的方式來表達的自傳（筆者所謂的小說自傳）之說法是對的 —— 而裡面的九莉就是張愛玲的影射，芯秋就是她母親的影射，楚娣是她姑姑，邵之雍是胡蘭成，比比是炎櫻。而從張愛玲自己信中的話，《小團圓》與散文〈私語〉與〈燼餘錄〉之間，是存有一種對應關係的。

　　有鑑於此，接下來要切入的正題就是：在《小團圓》這本自傳小說／小說自傳裡，張愛玲與南洋，到底結下了什麼樣的情緣？為了好好地梳理其中脈絡，讀者需要謹記的是，接下來的探討，是以陳子善的「人物對照表」為基礎而進行的。

《小團圓》當前的研究困境

　　《小團圓》初版於 2009 年 3 月推出（初版在一個月後的四月，就達到九刷）[132]。屈指一算，到了今年也不過幾年而已 —— 如果跟張愛玲四十年代早期的作品《傳奇》與《流言》比較的話，實在是一段太短的時間。到截稿為止，關於《小團圓》的學術研究，至今範圍多環繞於張愛玲與胡蘭成（九莉與之雍）的戀情，還有張愛玲與母親（九莉與芯秋）的複雜關係[133]。其實，這些題材的資料，多散布在第三章之後的章節裡。《小團圓》的第一與第二章，至今應該還沒有人將其作為主要研究題材。這是為什麼呢？如果沒有錯的話，可能是因為很多人都覺得首兩章寫得「太亂」了 —— 神龍見首不見尾，丈二金剛摸不到頭緒。就算跟張愛玲來往了 40 年的宋淇，感覺也是這般：

　　我有一個感覺，就是：第一、二章太亂，有點像點名簿。……[134]

　　但是，為什麼會有這樣的現象出現呢？是第一與第二章

[132] 張愛玲：《小團圓》臺北：皇冠，2009，末頁。

[133] 例如：陶方宣編撰：《大團圓 —— 張愛玲和那些癡情的女人們》北京：世界知識，2010； 林幸謙：〈小團圓的情／欲身體與敘事建構〉；《傳奇。性別。系譜》臺北：聯經，2012，第 359 頁；張桂華：《胡蘭成傳：張愛玲一生的痛》長春：北方兒童婦女，2010；張瑞芬：〈張愛玲小團圓今生今世對照記〉《聯合報》副刊，2009 年 3 月 7 日。

[134] 〈《小團圓》前言〉，張愛玲：《小團圓》臺北：皇冠，2009，第 11 頁。

不夠重要？還是張愛玲的頭腦不行了？依我看都不是的。如果能夠在文字的「兩行之間讀出一行的言外之意」（to read between the lines），《小團圓》第一與第二章的內容，恰恰是「南洋元素」寫得最多的部分。

再者，如果對文字的結構進行進一步的研究，我們也能看出張愛玲在「布局」《小團圓》的時候，已經很肯定地告訴了「有心人」，她生命的最高峰，跟南洋有關。首先，先看看才女張愛玲大作《小團圓》第一章「打前鋒」的一句話，第一眼看，好像有點反高潮——說的是她在香港大學大考的心情，如下：

大考的早晨，那慘淡的心情大概只有軍隊作戰前的黎明可以比擬，像「斯巴達克斯」裡奴隸起義的叛軍在晨霧中遙望羅馬大軍擺陣，所有戰爭中最恐怖的一幕，因為完全是等待[135]。

依我看，張愛玲這樣的安排是有意的。我覺得要「剖析」這句話的關鍵，首先就是要明瞭這個所謂的「大考的早晨」是個什麼樣的大日子？或許，我們會憶起在第二章已深入談過的〈燼餘錄〉，張愛玲曾說過這些話：

戰爭開始的時候，港大的學生大都樂得歡蹦亂跳，因為十二月八日正是大考的第一天，平白地免考是千載難逢的盛

[135] 張愛玲：《小團圓》臺北：皇冠，2009，第18頁。

事 [136]。

從以上的段落，我們可以下這樣的結論：張愛玲用真性情，自說自話了三十年的自傳小說／小說自傳《小團圓》，是以 1941 年 12 月 8 日 —— 二戰在香港爆發之日 —— 為開幕的。更奇怪的是，在結構上，《小團圓》整本書的尾句，也以一模一樣的句子了結。這也許就是說，對張愛玲來講，她傳奇的一生中，最令她念念不忘、最為重要的一章 —— 不是童年，不是出版第一本書，不是胡蘭成，也不是老年的美國 —— 而是二戰在香港大學讀書的日子：不知這樣的理解，會不會過分呢？

首句話徐徐地掀開了她港大二戰生活的序幕後，緊跟在後面的第一章與第二章，內容談的到底是什麼呢？可以說最主要的敘述，就是圍繞在她與她的港大同學「居於校園的日子」這個話題上。那麼，港大學生那麼多，張愛玲最常提到的，又是從哪個區域來的呢？答案讓人詫異不已：是南洋華僑。但是，偏偏「南洋與張愛玲」這層「情感看似遠淡」的關係，也是正好到目前為止，還沒有人深入考釋過 [137]。

---

[136]　張愛玲：《張看 —— 張愛玲散文結集》（上冊）北京：經濟日報，2002，第41頁。

[137]　最早將「南洋」與「張愛玲」掛鉤且刊於權威學術刊物的文章，應該是筆者2014 年的：夏蔓蔓（梁秀紅）〈南洋與張愛玲：略談張愛玲小說與散文中的南洋情結〉《香港文學》2014 年 12 月第 360 期，第 85 頁。

人物華僑，華僑人物

且來看看這些人馬，在張愛玲的筆下，是怎樣的一幅浮世繪？在她生命裡，占的又是怎麼樣的地位？

張愛玲在第一、二章裡，對很多位馬來亞華僑同學們的性格、背景與日常生活，皆做出了描述 —— 叨叨絮絮，用心用情，皆深遠無比。就從一位跟她同系且同班的華僑生說起吧。

張愛玲在香港大學唸的是文學系。跟她同班有位名字叫「嚴明昇」的、「極用功矮小」的華僑生。張愛玲在《小團圓》裡，記錄了這位華僑，在上安竹斯老師中世紀武士佩戴的標誌之歷史課時所鬧的一個笑話。可能它令當時的張愛玲駭笑不已，所以她在《小團圓》裡，就將這個有趣的插曲，用文字把它永恆化。這個讓她刻骨銘心了一輩子的笑話如下：

> 安竹斯……上課講到中世紀武士佩戴的標誌與家徽，問嚴明昇：「如果你要選擇一種家徽，你選什麼？」嚴明昇是個極用功的矮小僑生，當下扶了一扶鋼絲眼鏡，答道：「獅子。」哄堂大笑，安竹斯依舊沉著臉問：「什麼樣的獅子？睡獅還是張牙舞爪的獅子？」中國曾經被諷為睡獅。明昇頓了一頓，只得回答：「張牙舞爪的獅子。」又更哄堂大笑[138]。

---

[138]　張愛玲：《小團圓》臺北：皇冠，2009，第49頁。

那私底下張愛玲對嚴明昇的印象如何？有沒有來往？

從文字看來，他們應該是有打交道的。但是，在二戰時期，張愛玲遷入了男生宿舍，在食堂裡遇到了嚴明昇，她卻說她「還真有點怕人看見，不要以為他是她的男朋友」：

……下樓去，廣大的食堂裡桌椅都疊在一邊，再也沒想到是同班生嚴明昇含笑迎了上來，西裝穿得十分齊整，像個太平年月的小書記。他一度跟她競爭過，現在停課了，大家各奔前程，所以來道別，表示沒什麼芥蒂？她還真有點怕人看見，不要以為他是她的男朋友。比比有一次不知道聽見人說她什麼話，反正是把她歸入嚴明昇一類，非常生氣。此地與英美的大學一樣，流行「紳士丙」（the gentleman C），不與太用功的 [139]。

從這裡看來，她大概是嫌人家古板，又太用功 —— 不夠「酷」—— 對他沒有半點意思。有什麼風吹草動，收到有人把她與嚴明昇牽在一塊的「風聲」，就大動肝火，「非常生氣」，急著要撇清。

也許，張愛玲覺得他太沒正義感了。安竹斯老師後來陣亡於二戰，兩人遇見、閒聊，嚴明昇卻提也不提，完全無動於衷。張愛玲又說嚴明昇也「一度」跟她競爭過 —— 根據這樣的說法，「他」後來應該是成為「她」的手下敗將。港大後

---

[139] 張愛玲：《小團圓》臺北：皇冠，2009，第 68 頁。

來在日軍來臨前，燒毀學生紀錄（包括成績紀錄），嚴明昇卻幸災樂禍，百般招呼張愛玲去「觀禮」──也就是說看自己的好成績化為灰燼──好像有種惡毒的刻薄。隨著這件事的發生，張愛玲對他的印象就開始惡劣了──就是不知這位嚴明昇自己心裡是不是也淌著血呢？：

「註冊處在外面生了火」，明昇忽然說。「在燒檔案。」

「為什麼？」他咕噥了一聲：「銷毀檔案。日本兵還沒開來。」

「哦……噯。」她抱著手臂站在玻璃門邊，有點茫然，向門外望去，彷彿以為看得見火光。

明昇笑道：「下去看看吧？好大的火。許多人都去看。」

九莉笑著說不去，明昇又道：「火好大噢！不去看看？我陪你去。」

「你去吧，我不去了。」

「所有的檔案都燒了，連學生的紀錄、成績，全都燒了，」說罷，笑得像個貓。

九莉這才知道他的來意。此地沒有成績報告單，只像放榜一樣，貼在布告版上。……分數燒了，確實像一世功名付之流水。

他還再三要陪她去看，她好容易笑著送走了他，回到樓上去，想到小時候有一次發現她的一張水彩畫上有人用鉛

筆打了個橫槓子，力透紙背知道是她弟弟，那心悸的一剎那^[140]。

除了這個嚴明昇，張愛玲在《小團圓》裡，也報告了她所「聽說」的，港大馬來亞華僑男學生的另一劣行：「嫖妓」。這個消息，是好朋友比比（炎櫻）這個「告密者」自己「打聽」後告訴她的——所以到底說得準不準，就不得而知了：

（比比）從來不題名道姓，總是「一個男孩子。」有一次忽然半惱半笑的告訴九莉：「有的男孩子跟女朋友出去過後要去找妓女，你聽過沒有這樣的事？」……

又一天，她說：「馬來亞男孩子最壞了，都會嫖。」「印度之男孩子最壞了，跟女朋友再好些也還是回家去結婚。」^[141]

但是，除去上面這幾件讓「南洋」這塊金字招牌名譽掃地，不大光彩的事情之外，其他的好像也就讓張愛玲感到頗順心順眼了。比如：華僑男同學結伴到女生宿舍這個「禁地」唱流行歌，半開玩笑地呼喚自己喜歡的女生的行為，她就看出了有種馬來文化的傳承，也覺得青春滿溢、喜氣洋洋：

夏夜，男生成群的上山散步，距她們宿舍不遠便打住了，互挽著手臂排成長排，在馬路上來回走，合唱流行歌。

---

[140]　張愛玲：《小團圓》臺北：皇冠，2009，第69-70頁。

[141]　張愛玲：《小團圓》臺北：皇冠，2009，第56-57頁。

有時候也叫她們宿舍裡女生的名字，叫一聲，一陣雜亂的笑聲。叫賽梨的時候最多……也有時候叫比比。大概是馬來人唱歌求愛的影響，但是集體化了，就帶開玩笑的性質，不然不好意思[142]。

張愛玲在這一段文字裡所說的「馬來人唱歌求愛」，應該是馬來文化裡慣用的、平民化而且帶著優美韻律的詩歌 ──「班頓」（pantun）。這種詩體，不但可以吟，也可以唱，活潑調皮的多。這裡就舉一例：

Dua tiga kuching berlari, mana sama si kuching belang;

Dua tiga boleh dicari, mana sama si Dia seorang.

筆者譯為華文，意思大約是：

貓兩三隻跑，哪及那斑紋貓；

人兩三個找，哪及那一位了。

這樣的班頓，雖然源自馬來人的傳統文化，但在南洋一些華僑族群的圈子裡，也是根深蒂固的。關於這些歷史淵源，第一章已談過，這裡就不說了。

《小團圓》裡也還出現了一個很出色的、讓張愛玲留下深刻印象的馬來亞男華僑 ── 李先生／李醫生。這個人在第二

---

[142] 張愛玲：《小團圓》臺北：皇冠，2009，第57頁。

章也曾提過了。這個李醫生應是來自富足之家 —— 張愛玲說他「家裡又有錢，有橡膠園」。他的才幹也出類拔萃。張說他在二戰時主持救濟學生的活動：

李先生也是馬來亞僑生，矮小白淨吊眼梢，娃娃生模樣，家裡又有錢，有橡膠園[143]。

又：

主持救濟學生的李醫生常陪著日本官員視察。這李醫生矮矮的，也是馬僑，搬到從前舍監的一套房間裡住，沒帶家眷。手下管事的一批學生都是他的小同鄉，內中有個高頭大馬很肉感的一臉橫肉的女生幾乎做了押寨夫人。大家每天排隊領一盤黃豆拌罐頭牛肉飯，拿著大匙子分發的兩個男生越來越橫眉豎目，彷彿是吃他們的。而這也是實情。夜裡常聽見門口有卡車聲，是來搬取黑市賣出的米糧罐頭 —— 從英政府存糧裡撥出來的[144]。

「婀墜跟李先生要結婚了。」比比說。「就注個冊，宿舍裡另撥一間房給他們住。」九莉知道她替婀墜覺得不值得。況且橡膠園也許沒有了，馬來亞也陷落了[145]。

這樣的一位人物，應該是沒得嫌的了。但是，如果細讀上面關於「李醫生」（或李先生）這些段落，我們會注意到張

---

[143] 張愛玲：《小團圓》臺北：皇冠，2009，第 58 頁。
[144] 張愛玲：《小團圓》臺北：皇冠，2009，第 71-72 頁。
[145] 張愛玲：《小團圓》臺北：皇冠，2009，第 72 頁。

愛玲卻頻頻說人家「矮小」，「矮矮的」—— 外表「不合格」。現在流行的，個個少女都傾慕的男韓星「娃娃臉」，她也能雞蛋裡挑骨頭 —— 喊他「娃娃生」，不夠男子漢。

　　這個李醫生有的是桃色新聞。根據張愛玲，他跟一個也在學醫的上海女婀墜在戀愛 —— 此女也住在九莉（或說「張愛玲」）的宿舍：

　　婀墜是上海人……

　　九莉深夜走過，總看見婀墜在攻書，一隻手托著一隻骷髏，她像足球員球不離手，嘴裡唸唸有詞，身穿寶藍緞子棉浴衣，披著頭髮，燈影裡，背後站著一具骨標本，活像個女巫……有個「婀墜的李先生」，婀墜與一個同班生等於訂了婚[146]。

　　後來兩人結婚，又為婀墜覺得「不值得」。為什麼呢？因為只「注個冊」，又住在宿舍裡，「況且橡膠園也許沒有了，馬來亞也陷落了」：

　　「婀墜跟李先生要結婚了。」比比說。「就注個冊，宿舍裡另撥一間房給他們住。」九莉知道她替婀墜覺得不值得。況且橡膠園也許沒有了，馬來亞也陷落了[147]。

　　張這樣平地一聲雷，意思彷彿是，婀墜跟李在一起只是

---

[146]　張愛玲：《小團圓》臺北：皇冠，2009，第 25 頁。
[147]　張愛玲：《小團圓》臺北：皇冠，2009，第 72 頁。

為了錢，但戰爭把一切搞亂了，婀墜結婚就等於賠了夫人又折兵。如果我們想說張愛玲酸溜溜的話，卻也不完全是對的。其實她並不是空口說白話 —— 婀墜曾在談話中，透露了她的看法，那就是「沒有愛情這樣東西，不過習慣了一個男人就是了。」九莉（張愛玲）聽上去，也只好下結論說婀墜「不愛她的李先生」。我想，真性情的痴情種如張愛玲，當然覺得婀墜說這樣的話來褻瀆愛情，是很可悲且大逆不道的 [148]。不管怎樣，「婀墜跟李醫生」的故事，很能激發人想起〈傾城之戀〉裡的白流蘇與范柳原 —— 都是上海女子與馬來亞華僑的戀情 —— 雖然白流蘇的形象寫得不像女巫，而是比較接近張愛玲本人的、清婉的中國女性。又有一點值得注意的就是，出現在這些章節裡的「橡膠園」這三個字，特別令人矚目。馬來亞這個國家，早期確是以出產橡膠出名 —— 從四十年代到八十年代，世界排名屬一屬二 [149]。所以，家族經營橡膠園的港大馬來亞華僑生，應該不止李醫生一人。張愛玲在《小團圓》說明了九莉（張愛玲）上的學府，是「橡膠大王子女進的學校」：

　　九莉拿著鋼筆墨水瓶筆記簿下樓。在這橡膠大王子女進的學校裡，只有她沒有自來水筆，總是一瓶墨水帶來帶去，非常觸目 [150]。

[148]　張愛玲：《小團圓》臺北：皇冠，2009，第 57 頁。

[149]　見 Funk & Wagnalls New Encyclopedia, Vol 22, USA Funk & Wagnalls Corp，第 426 頁。

[150]　張愛玲：《小團圓》臺北：皇冠，2009，第 20 頁。

　　夏志清教授也印證了張愛玲在港大求學的時代，同學們「有歐亞混血兒，有英國、印度和華僑富商的子女」。這裡所指的「華僑富商的子女」[151]，大概就是張愛玲在《小團圓》裡進一步描述的、家裡營業大橡膠園丘生意的馬來亞華僑校友。其實，張愛玲的同班同學嚴明昇，在張愛玲筆下的裝束也不凡 ── 在戰期間也「西裝穿得十分齊整」 ── 雖然張愛玲批他「像個太平年月的小書記」 ── 但背景應該也是有點來頭的。

　　「橡膠大王子女」這樣的字眼，肯定也會讓我們想起張愛玲所編寫的電影劇本《六月新娘》[152]。裡面的男主角董季方，也是個「南洋橡膠大王的兒子」。這樣的對應讓我們懷疑，張愛玲編寫《六月新娘》的靈感，可能來自於她生活裡真材實料的馬來亞華僑同學。

　　張愛玲在《小團圓》第二章，也曾一筆帶過，寫兩個跟比比（炎櫻）組成一個錯綜複雜、三角戀愛關係的馬來亞華僑生 ──「陳」與「酈」。根據張愛玲，「陳常約（比比）出去」，但是她卻「也許比較喜歡酈」：

　　……常約她出去的陳沒走，弄到一塊奶油送她。她送給九莉拌飯吃，大概是波斯菜的吃法。又送了一塊雞汁醬油，

[151]　《中國現代小說史》香港中文大學 2001，2015，第 295 頁。
[152]　藍天雲編《張愛玲電懋劇本集》（第一集）香港電影資料館，2010，第 70 頁。

114

陳與他同是孩子面，不過白，身材纖瘦，也夠高的。⋯⋯

她也許比較喜歡另一個姓鄺的，也是僑生，喜歡音樂，有時候也約她出去，煩惱起來一個人出去走路，走一夜[153]。

張愛玲在《小團圓》裡所描繪的一椿椿發生在港大的男歡女愛，跟她在〈燼餘錄〉裡「感慨千萬論人生」時所說的，人生之最重要不過「飲食男女這兩項」，如出一轍：

戰爭開始的時候，港大的學生大都樂得歡蹦亂跳，因為十二月八日正是大考的第一天，平白免考是千載難逢的盛事。那一冬天，我們算吃夠了苦，比較知道輕重了。可是「輕重」這兩個字，也難講⋯⋯去掉一切的浮文，剩下的彷彿只有飲食男女這兩項。

⋯⋯香港的外埠學生困在那裡沒事做，成天就只買菜，燒菜，調情 —— 不是普通的學生式的調情，溫和而帶一點傷感氣息的。⋯⋯[154]

又說：

缺乏工作與消遣的人們不得不提早結婚，但看香港報上挨挨擠擠的結婚廣告便知道了。學生中結婚的人也有[155]。

[153]　張愛玲：《小團圓》臺北：皇冠，2009，第69頁。

[154]　張愛玲：《張看 —— 張愛玲散文結集》（上冊）北京：經濟日報，2002，第41頁。

[155]　張愛玲：《張看 —— 張愛玲散文結集》（上冊）北京：經濟日報，2002，第41-42頁。

　　除了南洋男華僑，張愛玲在《小團圓》裡也為多位南洋女華僑進行描寫。根據張的「一手資料」，她們大多在港大都是學醫的，而平時嘻嘻哈哈又豪爽，喜歡說「內行的笑話」，如下：

　　幾個高年級的馬來亞僑生圍著長桌的一端坐著。華僑女生都是讀醫的，要不然也不犯著讓女孩子家單身出遠門。

　　……照例醫科六年，此地七年，又容易留級，高年級生三十開外的女人都有，在考場上也是老兵了，今天不過特別沉默。平時在飯桌上大說大笑的，都是她們內行的笑話，夾著許多術語，實驗室內穿的醫生白外衣也常穿回來。九莉只聽懂了一次講一個同班生真要死，把酒精罐裡的一根性器官丟在解剖院門口瀝青道上，幾個人笑得前俯後仰 [156]。

　　這些女僑生通用的語言不是華語，彼此間是用帶馬來亞口音的英語交談的：

　　……她們的話不好懂，馬來亞口音又重，而且開口閉口「man！」倒像西印度群島的土著，等於稱對方「老兄」。熱帶英屬地的口頭禪橫跨兩大洋，也許是從前的海員傳播的，又從西印度群島傳入美國爵士樂界 [157]。

　　張愛玲說馬來亞人愛開口閉口用「man!」這個口頭禪，是確有其事的。根據張，「man」的意思是稱對方為「老兄」，而

[156]　張愛玲：《小團圓》臺北：皇冠，2009，第 47-48 頁。
[157]　張愛玲：《小團圓》臺北：皇冠，2009，第 48 頁。

這個字的用法，是由熱帶英屬地海員傳入西印度群島，然後又傳入美國爵士樂界。的確。直到今天，尤其在馬來西亞，在地域化的英文口語句末，加上「man」字，頗為常見。此為二例：

「Wah! Wonderful man!」（譯！真棒！）

「I say man! That is really a beautiful house!」（譯！那真是一件美麗的房子！）

但是，從一個「南洋本地人」的角度來看，現在「man」的用法，大多用以表示「驚嘆」，甚至沒帶什麼意思 —— 只是因為習慣而用的語助詞（interjection）。不過，我覺得張愛玲的說法有時也有正確之處 —— 尤其是第二例 —— 明顯帶有「老兄」之意。但也可能是因為事過境遷，在現今的社會裡，「man」的用法只剩下空殼，而最初的意義，卻已漸漸失去了 —— 也說不定。

張愛玲在《小團圓》還談到了「兩個檳榔嶼女華僑」（其中一位叫「柔絲」）（筆者在這裡譯為 Rose）。「檳榔嶼」也就是馬來西亞的「檳城」。在這裡，我就把有關這兩位女子的段落一一列了出來。話說當考試到了：

1　兩個檳榔嶼華僑一年生也皺著眉跟著喊：「死囉！死囉！」一個捻著胸前掛的小金十字架，捻得團團轉，一個急得兩手亂灑……[158]

---

[158]　張愛玲：《小團圓》臺北：皇冠，2009，第 21 頁。

2　「死囉！死囉！」兩個檳榔嶼姑娘還在低聲唱誦。「你是不要緊的，有你哥哥給你補課。」其中一個說。「哪裡？他自己大考，哪有工夫？昨天打電話來，問『怎麼樣？』」柔絲微笑地說，雪白滾圓的臉上，一雙畫眉鳥的眼睛定定的[159]。

（當二戰爆發後，張愛玲又刻劃了宿舍的修女，如何把在外頭的這兩女子叫進去避難）：

3　亨利嬤嬤趕出來叫道：「進去進去！危險的！」沒人理，只好對著兩個檳榔嶼姑娘吆喝，她們是在家鄉修道院辦的女校畢業的，服從慣了，當下便笑著徜徉著進去了[160]。

4　醫科學生都要派到郊外急救站去，每組二男一女。兩個檳榔嶼姑娘互相嘲戲，問希望跟哪個男生派在一起，就像希望跟誰翻了船漂流到荒島上[161]。

後來戰爭日愈吃緊，張愛玲搬到美以美的女宿舍投宿，又遇見了柔絲：

是簡陋的老洋房，空房間倒很多，大概有親友可投奔的都走了。她一人住一間，光線很暗。沒想到會在這裡遇見檳榔嶼的玫瑰 —— 柔絲到她房門口來招呼，態度不太自然，也許是怕她問起怎麼沒到急救站去。……[162]

---

[159]　張愛玲：《小團圓》臺北：皇冠，2009，第 47 頁。

[160]　張愛玲：《小團圓》臺北：皇冠，2009，第 53 頁。

[161]　張愛玲：《小團圓》臺北：皇冠，2009，第 58-59 頁。

[162]　張愛玲：《小團圓》臺北：皇冠，2009，第 60 頁。

隨後，美以美宿舍也中了砲彈，柔絲的哥哥林醫生來接柔絲，也一同把九莉（張愛玲）帶走，到港大男生宿舍去避難。三人在途中遇見空襲：

「這裡危險，我來接你的，快跟我來。」見九莉是她原宿舍的同學，便道：「你的朋友要不要一塊去？」九莉忙應了一聲，站起身來，見柔絲欲言又止，不便告訴她哥哥她正遠著九莉。三人走了出來……。[163]

從橫街走上環山馬路，黃昏中大樹上開著大朵的硃紅聖誕花，忽然吱呦歐歐歐一聲銳叫，來了個彈片。「快跑！」林醫生說。三人拉手狂奔起來。……

林醫生居中，扯著她們倆飛跑。跑不快帶累了人家，只好拚命跑……。[164]

從上面的討論可見，張愛玲在《小團圓》的第一章與第二章，還真的是為當年在港大就讀的南洋華僑費了不少心血，費了許多墨水。張對他們的七情六慾、充滿喜怒哀樂的日常生活與戰中驚魂的歷險經驗，進行了很多細緻而躍然紙上的刻畫。因為這些章節皆出現在《小團圓》的第一與第二章，在排行榜上算是「獨占鰲頭」—— 更是讓人感到這行人在張的人生裡，地位之顯赫重要。

---

[163]　張愛玲：《小團圓》臺北：皇冠，2009，第 61 頁。

[164]　張愛玲：《小團圓》臺北：皇冠，2009，第 62 頁。

母親：流落南洋的美少婦

《小團圓》裡的南洋情結，也並不只張愛玲對她「華僑同學」的描繪而已。張愛玲在《小團圓》裡描述九莉的母親（張愛玲之母）之生平事蹟時，也常常情不自禁地一腳又踏進了「南洋」這塊地盤。

從張愛玲的筆觸看來，她的母親跟「新加坡」這座島，似乎很有緣分。如果我們參考前面陳子善教授的「人物對照表」，《小團圓》裡的芯秋，就是張愛玲的母親，原名為黃素瓊（逸梵）[165]。1924 年夏天，張的母親 28 歲，已生下了張愛玲與她的弟弟張子靜，後來因為不滿丈夫吃喝嫖賭樣樣來，憑著豐厚的嫁妝，毅然出國留學[166]。雖然有回國與丈夫複合，但不到兩年，因為丈夫惡習不改，難忍之下就協定離婚，再度出洋。這一些資訊，除了張愛玲在〈私語〉、〈童言無忌〉與其他散文中零零散散、陸陸續續地悽悽道來以外，弟弟張子靜也在《我的姐姐張愛玲》[167]中詳盡透露。

但是，黃女士離婚之後的心理狀態到底是怎樣的呢？她是注定從此孤獨一世，還是她也有自己幸福的感情生活？有沒有再婚？張愛玲的散文世界裡沒有答案。但是，她在《小

---

[165] 見張子靜：《我的姐姐張愛玲》上海：文匯，1996，第 36 頁。
[166] 張子靜：《我的姐姐張愛玲》上海：文匯，1996，第 44-45 頁。
[167] 張子靜：《我的姐姐張愛玲》上海：文匯，1996，第 49-53 頁。

團圓》裡，則用了相當大的篇幅，描寫了芯秋離婚後的遭遇。很出奇的，它竟然會與南洋的新加坡，掛上了鉤。

在《小團圓》裡，芯秋的形象是個極嫵媚的少婦。張愛玲把她比為勞倫斯（DH Lawrence）短篇小說《上流美婦人》（*The Lovely Lady*）裡，擁有女性秀氣骨架、很優雅的女主角[168]。又說她有神祕感，是個「黑頭髮的瑪琳黛德麗」（Marie Magdalene "Marlene" Dietrich, 1902-1992）[169]。

這樣一位離了婚的、年輕優雅、看起來像混血女子的東方美少婦——《小團圓》說她有許多愛慕者。張愛玲在《小團圓》裡告訴我們，其中一個跟芯秋走得很近，差點結婚的男友，是一個在新加坡經商、名字叫「勞以德」的英國人。這個人年紀比芯秋小，「高個子，紅臉長下巴，藍眼睛眼梢下垂」：

「我自己去找個去處算了。」

她（母親）沒往下說，但是九莉猜她是指那個愛了她好些年的人，例如勞以德，那英國商人，比她年輕，高個子，紅

---

[168] 張愛玲：《小團圓》臺北：皇冠，2009，第 34 頁。在這個故事裡，女主角 Pauline Attenborough 雖然已經 72 歲了，「在半明晦的光線裡」，有時侯卻有可能被人誤以為只有 30！（At seventy-two, Pauline Attenborough could still sometimes be mistaken, in the half- light, for thirty.）（'The Lovely Lady'，收錄於 DH Lawrence, The Virgin and the Gypsy & Other Stories, Wordsworth Classics, 2004）。

[169] 張愛玲：《小團圓》臺北：皇冠，2009，第 45 頁。此女乃 30 年代著名的德美混血歌星／演員。

臉長下巴，藍眼睛眼梢下垂，說話總是說了一半就嗤嗤嗤笑起來，聽不清楚了。稍微有點傻相。有一次請芯秋楚娣去看他的水球隊比賽，也帶了九莉去，西青會游泳池邊排的座位很擠[170]。

後來芯秋跟勞以德到新加坡去住了一、兩年，但是，芯秋心目中的這個歸宿，始終做不了九莉（張愛玲）的後父。三姑楚娣（張愛玲的姑姑）告訴她，勞以德在二戰時打死在新加坡的海灘上：

「勞以德在新加坡？」她只知道新加坡陷落的時候二嬸坐著難民船到印度去了。

「勞以德打死了。死在新加坡海灘上。從前我們都說他說話說了一半就笑得聽不見說什麼，不是好兆頭。」在九莉心目中，勞以德是《浮華世界》裡單戀阿米麗亞的道彬一型的人物，等了一個女人許多年，一定是要跟她結婚的。不過一直不確定他是在新加坡。……去了新加坡一兩年，不結婚，也不走，也都從來沒想到是怎麼回事。聽上去是與勞以德同居了。既然他人也死了，又沒有結婚，她就沒提芯秋說要去找個歸宿的話[171]。

張子靜在《我的姐姐張愛玲》裡，也確定了母親有這樣的一號人物在身旁，只不過在現實中是美國人：

[170]　張愛玲：《小團圓》臺北：皇冠，2009，第 40 頁。
[171]　張愛玲：《小團圓》臺北：皇冠，2009，第 77 頁。

　　另外我表哥還透露，我母親那次回上海，帶了一個美國男朋友同行。他是個生意人，四十多歲，長得英挺漂亮，名字好像叫維葛斯托夫。我姐姐是見過母親這男友的……

　　我母親的男友做皮件生意，1939 年他們去了新加坡，在那裡蒐集來自馬來西亞（筆者按：應為「馬來亞」）的鱷魚皮，加工製造手袋、腰帶等皮件出售[172]。

　　這裡稍微一提筆者在新加坡櫛比鱗次的老店中，曾見過一間精緻的鱷魚皮製品老店。可見這類營生在新加坡到現在還存活著。說不定，它跟張愛玲的母親有什麼淵源也說不定呢！

　　但是，張愛玲的母親在 1941 年新加坡淪陷、外國男友去世後，在新加坡的情形如何呢？根據張子靜與張愛玲的說法，她在新加坡「苦撐，損失慘重。一度行蹤不明」，後來則「坐著難民船到印度去」[173]；她在印度，卻好像有了好運——「做過尼赫魯[174]姐姐的祕書」[175]。戰爭結束後，《小團圓》說她「終於離開了印度，但是似乎並不急於回來，取道馬來亞，又住了下來」[176]。終於，她回到上海——轟

---

[172]　張子靜：《我的姐姐張愛玲》上海：文匯，2003，第 79 頁。

[173]　張子靜：《我的姐姐張愛玲》上海：文匯，2003，第 79 頁。張愛玲：《小團圓》臺北：皇冠，2009，第 70 頁。

[174]　Jawaharlal Nehru（1889-1964）。印度獨立後第一任首相。

[175]　張愛玲：《小團圓》臺北：皇冠，2009，第 281 頁。

[176]　張愛玲：《小團圓》臺北：皇冠，2009，第 259 頁。

轟烈烈地，有 17 件行李，看上去「好像預備回來做老太太了」[177]。

芯秋在二戰後的南洋之地 —— 馬來亞 —— 又有什麼作為呢？張愛玲首先說她的樣子「換了」——因為在熱帶住了幾年，變得又黑又瘦：

人老了有皺紋沒關係，但是如果臉的輪廓消蝕掉一塊，改變了眼睛與嘴的部位，就像換了一個人一樣。在熱帶住了幾年，晒黑了，當然也更顯瘦[178]。

在上海家裡的飯桌上家常閒話，她也講了些她在印度與馬來亞的經歷 —— 比如那裡四十年代地域性的裝束等等：

在印度一度做過尼赫魯兩個姐妹的社交祕書，「喝！那是架子大得不得了，長公主似的。」

那時候總不會像現在這樣不注重修飾，總是一件小花布連衫裙，一雙長統黑馬鞋，再不然就是一雙白色短襪，配上半高跟鞋也覺不倫不類。

「為什麼穿短襪子？」楚娣說。

「在馬來亞都是這樣。」

不知道是不是英國人怕生溼氣，長統鞋是怕蛇咬[179]。

---

[177] 張愛玲：《小團圓》臺北：皇冠，2009，第 281 頁。
[178] 張愛玲：《小團圓》臺北：皇冠，2009，第 279-280 頁。
[179] 張愛玲：《小團圓》臺北：皇冠，2009，第 282 頁。

在《小團圓》裡，張愛玲也透露了母親在馬來亞，可能跟一個在印度痲瘋病院裡認識的，大概後來去了馬來亞任職的英國醫生相戀：

她在普納一個痲瘋病院住了很久，「全印度最衛生的地方。」九莉後來聽見楚娣說她有個戀人是個英國醫生，大概這時候就在這痲瘋病院任職。在馬來亞也許也是跟他在一起[180]。

如果說這位醫生在馬來亞也在痲瘋病院任職的話，那張愛玲的母親，有可能在馬來亞當時唯一的、設立在雪蘭莪州以北的雙溪毛糯（Sungai Buloh）痲瘋病院留下腳步。這可能也是為什麼芯秋最後沒有回上海長住，當她的老太太之原因。反之，過不久又「動身去馬來亞了」[181]——大概是因為有個人在那裡等候。除了上面談到的「新加坡」和「馬來亞」與九莉之母芯秋有密切的關係，《小團圓》也說到芯秋曾到南洋另一地——印尼的爪哇——去旅遊與拜訪一位女友：

芯秋不是跟他們（南西與查禮）一塊回來的。她有個爪哇女朋友一定要她到爪哇去玩，所以彎到東南亞去了一趟。「爪哇人什麼樣子？」九莉問。「大扁臉，沒什麼好看」[182]。

---

[180]　張愛玲：《小團圓》臺北：皇冠，2009，第 282 頁。
[181]　張愛玲：《小團圓》臺北：皇冠，2009，第 293 頁。
[182]　張愛玲：《小團圓》臺北：皇冠，2009，第 133 頁。

　　但是，這位「東方美少婦」確是把爪哇人「看扁了」——
在她眼中，那裡人人都是「大扁臉，沒什麼好看。」—— 頗
有女兒風範。

　　張愛玲在《小團圓》另一處，也曾提了提爪哇錢幣——
「叻幣」。話說九莉的母親認識的港大病理學助教 ———— 雷
克「矮小蒼白的青年」，而這人也「從香港到東南亞去度假」，
那時給了她「兩百叻幣」[183]。這段話說得很模糊 —— 為什
麼自己去度假，卻要給她兩百叻幣？難道是好人做到底？但
是，因為寫得不甚清楚，除非有新證出土，否則一切在這個
階段，就只能算是一宗懸案了。

除去胡蘭成：《小團圓》裡的乘法戀情世界

　　綜合上文所述，可見《小團圓》是本多麼讓人出奇不意的
書！在結構上，張愛玲這本自傳小說／小說自傳的首句與末
句，都用了一模一樣的話來表示 ——「大考的早晨」，「大考
的早晨」—— 永遠的「大考的早晨」。

　　是的，那一天，正是 1941 年 12 月 8 日。二戰在香港爆
發。不是個好消息。但是，當時身在港大的張愛玲，正要與
她的華僑同學開始危機四伏、卻最難忘的人生一頁。

---

[183]　張愛玲：《小團圓》臺北：皇冠，2009，第 292 頁。

再者，誰又會料到張愛玲的母親曾經在新加坡與馬來亞度過光陰幾許呢？

張學研究，成果纍纍。但是，張愛玲沒有義務告訴世界，她心底最深處的、大隱隱於市的祕密。就算她想在《小團圓》裡說出來，也是在緊要之處用神祕的方式來暗示。原來，南洋在張愛玲的心目中，也會有這麼重要的地位！這始終是叫人出乎意料的 —— 如同走在夜晚的，熟悉的路回家，沒想到途中卻遇到了一場絢麗而詩意的流星雨 —— 令人忍不住「哇！」了一聲……

第五章
理論：張愛玲「南洋書寫」三個動因

　　張愛玲沒有到過南洋 —— 那麼，她「書寫南洋」穩固的基礎，到底是建在哪一塊磐石上呢？從分析與探測得知，她那鮮麗的、源源不斷的南洋書寫，很可能是來自三方「靈感泉源」：（一）她二戰在港大曾會晤過一位帶給他初戀心情的南洋華僑男孩子；（二）她深受與南洋關係密切的母親影響；（三）她受喜愛的「南洋達人」作家毛姆感染。

如何詮釋張愛玲的南洋情懷

此書的前四章已經彰顯出張愛玲許許多多的作品——不論是小說、散文、電影劇本，還是自傳小說／小說自傳《小團圓》[184]——都洋溢著濃濃的南洋形象、元素與情結。這些年來，南洋華僑以各種姿態，無所不在卻又靜悄悄地「隱身」在數量不算少的「經典張愛玲」裡——這多少會讓人重新感受到另類驚豔。

但是，當這股旋風激起的塵埃落定後，大家坐下來，喝杯冒著煙的茶定一定神後，可能接下來也會想要問幾個追根究底的「為什麼？」這是因為無論如何，張愛玲終究是一位上海女子，本身也從沒親自到過南洋。雖說在港大遇到了許多馬來亞華僑生，而母親也短期住過南洋，但是，她的「南洋靈感」是那麼地充滿爆發力——到底是不是有什麼更大的原因，啟發了張愛玲這樣處理她的作品？她掛念南洋的內在動因又是什麼？

在這一章裡，我將透過各種資料，包括張愛玲生平，她自己說過的話、至親提供的資料，以及從《小團圓》裡剛發掘出來的新證為線索，結合權威心理學家的各種理論來推敲這些問題。希望這樣的探討，能夠讓我們得到一些有意義的、又接近事實的答案。

---

[184]　關於《小團圓》之文類與解讀，請見第四章，特別是陳子善教授的「人物對應表」。

動因一：佛洛伊德理論

■ 張愛玲錯過了的初戀

一般情況下，「張學」研究者皆說張愛玲一生中有過三段情。第一段當然是跟鬧得滿城風雨的胡蘭成，第二段是與導演桑弧（燕山）的戀情，而「最後一程」則是與美國哈佛畢業碩士生，曾在麻省理工學院任教的劇作家賴雅[185]。

但是，張愛玲在《小團圓》接近尾聲的第十二章，卻殺出了一句似乎是近於莫名其妙的話來。話說張愛玲寫到九莉（張愛玲）與燕山（桑弧）行雲流水的戀情時，突然夾進了一句話，說九莉對燕山是種「初戀的心情，從前錯過了的」：

她二十八歲開始搽粉，因為燕山問：「你從來不化妝？」……

他把頭枕在她腿上，她撫摸著他的臉。不知道怎麼悲從中來，覺得「掬水月在手」，已經在指縫間流掉了。

他的眼睛有無限的深邃。但是她又想，也許愛一個人的時候，總覺得他神祕有深度。

她一向懷疑漂亮的男人……經不起慣。……再演了戲，

---

[185] 見唐文標編：《張愛玲資料大全集》臺北：時報，1984；金宏建、于青編《張愛玲研究資料》福州：海峽文藝，1994；余斌：《張愛玲傳》南京大學，2007；任茹文：《張愛玲傳》北京：團結，2001。

更是天下的女人都成了想吃唐僧肉的妖怪。不過她對他是初戀的心情，從前錯過了的，等到到了手已經境況全非，更覺得悽迷留戀，恨不得永遠逗留在這階段[186]。

「從前錯過了的」、「初戀的心情」這樣的字眼 —— 第一眼看只覺得是筆誤。這是因為，根據目前的研究狀況，這裡的「錯過了的初戀」，聞所未聞 —— 到底是從哪來的？張愛玲大概是擔心讀者會誤解她的意思，以為指的是胡蘭成，就在文字往下一點，又再度特別這樣說明：

她覺得她是找補了初戀，從前錯過了的一個男孩子。他比她略大幾歲，但是看上去比她年輕[187]。

胡蘭成比張愛玲大十幾歲，而且見面時已經是個成熟的、結過婚的男人了 —— 所以並不是他。這個比張愛玲「略大幾歲、從前錯過的男孩子」—— 應該是另有其人。如果我這樣的推測為正確的話，那麼，大概張迷們都會想知道，這位多年來，「真人不露相」的仁兄到底是誰。

張愛玲遇到胡蘭成時二十二歲。我想，如果張愛玲在二十二之前的荳蔻年華，有一段初戀的話，最有可能發生的地點，也許就是在香港大學那幾年了。張愛玲寫《小團圓》，特意安排以「大考的早晨」那天（1941 年 12 月 8 日，二戰爆

---

[186]　張愛玲：《小團圓》臺北：皇冠，2009，第 312-313 頁。

[187]　張愛玲：《小團圓》臺北：皇冠，2009，第 301 頁。

發日）作為「開幕與落幕句」（詳情見第四章），是不是都是為了紀念自己在戰爭期的港大，一段怎麼也忘不了的初戀心情？我們也看過了，張愛玲怎麼樣在被宋淇喻為「像點名簿」的《小團圓》第一章與第二章，心情愉快、興致勃勃地一一描繪她那些直到老年，都還在心頭的港大同學們。其中，會不會有一位很難說出口的（因為「錯過了」）但自己很中意、比她「略大一點」的男孩子？我覺得這是非常有可能發生的。在這一章裡，我想從現有與新出土的資料中，證明這位真命天子，是個當年在港大求學的馬來亞華僑。我也想提出，這就是為什麼張愛玲在她的作品中，注入了大量心力書寫南洋最主要的內在動因。

首先，我想先看看，張愛玲自己有沒有留下了什麼線索？她在用筆尖深度刻劃在港大她眾多華僑同學各種姿態的時候，其中有哪幾位讓人看得出來，是令她特別刻骨銘心的？依我看是有的。是一對兄妹。我們可能會記得，在第二章，我們已略談過張愛玲散文〈談跳舞〉中，曾描寫過的一位秀麗外貌、多禮舉止、叫「月女」的港大女華僑。因為這段頗長、十分關鍵，在這裡就重述某部分一番了：

從另一個市鎮來的有個十八九歲的姑娘，叫著月女，那卻是非常秀麗的，潔白的圓圓的臉，雙眼皮，身材微豐。第一次見到她，她剛到香港，在宿舍的浴室裡洗了澡出來，痲

子粉噴香，新換上白底小花的睡衣，胸前掛著小銀十字架，含笑鞠躬，非常多禮。她說：「這裡真好。在我們那邊的修道院裡讀書的時候，洗澡是大家一同洗的，一個水泥的大池子，每人發給一件白罩衫穿著洗澡。那罩衫的式樣……」她掩著臉吃吃笑起來，彷彿是難以形容的。「你沒看見過那樣子 —— 背後開條縫，寬大得像蚊帳。人站在水裡，把罩衫持到膝蓋上，偷偷地在罩衫底下擦肥皂。真是……她臉上常時有一種羞恥傷慟的表情，她那清秀的小小的鳳眼也起了紅鏽。她又談到那修道院，園子生著七八丈高的筆直的椰子樹，馬來小孩很快地盤呀盤，就爬到頂上採果子了，簡直是猴子。不知為什麼，就說到這些事她臉上也帶著羞恥傷慟不能相信的神氣。

她父親是商人，好容易發達了，蓋了座方方的新房子，全家搬進去住不了多時，他忽然迷上了個不正經的女人，把家業拋荒了。

「我們在街上遇見她都遠遠地吐口唾沫。都說她一定是懂得巫魘的。」

「也許……不必用巫魘也能夠……」我建議。

「不，一定是巫魘！不然他怎麼那麼昏了頭，回家就打人 —— 前兩年我還小，給他抓住了辮子把頭往牆上撞。」

會妖法的馬來人，她只知道他們的壞。「馬來人頂壞！騎腳踏車上學去，他們就喜歡追上來撞你一撞。」

134

　　她大哥在香港大學讀書，設法把她也帶出來進大學，打仗的時候她哥哥囑託炎櫻與我多多照顧她，說：「月女是非常天真的女孩子。」她常常想到被強姦的可能……可是有一個時期大家深居簡出，不大敢露面，只有她一個人倚在陽臺上看排隊的兵走過，還大驚小怪叫別的女孩子都來看。

　　她的空虛是像一間空關著的，出了黴蟲的白粉牆小房間，而且是陰天的小旅館 —— 華僑在思想上是無家可歸的，頭腦簡單的人活在一個並不簡單的世界裡，沒有背景，沒有傳統，所以也沒有跳舞。月女她倒是會跳交際舞的，可是她只肯同父親同哥哥跳[188]。

　　從上面的文字中，可以注意到幾點。第一就是，張愛玲用了極大的篇幅來敘述月女與她的哥哥這對華僑兄妹 —— 可能是在「華僑速寫」中，費最多筆墨的。第二就是，張愛玲在這些段落中，不大「談跳舞」，反而是嚴重離題 —— 不但以濃墨重彩描繪他們的舉止、行動，更是把人家故鄉與父母家底，也細細地寫了進去。再者，月女的哥哥（也在港大學醫的）跟張愛玲似乎交情很深。從他曾把親妹妹「託孤」給張愛玲的事蹟，可見他對張是極尊重且有好感的。這樣一來，由不得叫人起了疑心 —— 這位長久以來，被「張學」忽略的「月女的哥哥」，好像是個「可疑人物」。

---

[188]　張愛玲：《張看 —— 張愛玲散文結集》（下冊）北京：經濟日報，2002，第254-255 頁。

這對兄妹，在《小團圓》裡，再度以長篇出現。別的港大生，張愛玲從沒給予這樣的「優待」。這一次，妹妹化身為檳榔嶼玫瑰——「柔絲」（筆者譯為 Rose）。這裡是有關柔絲與另一位檳榔嶼女華僑的段落。

當考試到了時：

兩個檳榔嶼華僑一年生也皺著眉跟著喊：「死囉！死囉！」一個捻著胸前掛的小金字架，捻得團團轉，一個急得兩手亂灑……[189]

「死囉！死囉！」兩個檳榔嶼姑娘還在低聲唱誦。「你是不要緊的，有你哥哥給你補課。」其中一個說。「哪裡？他自己大考，哪有工夫？昨天打電話來，問『怎麼樣？』」柔絲微笑地說，雪白滾圓的臉上，一雙畫眉鳥的眼睛定定的[190]。

當二戰爆發後，張愛玲又描寫了她們不知「危險」二字怎寫的「少女情懷」：

亨利孃孃趕出來叫道：「進去進去！危險的！」沒人理，只好對著兩個檳榔嶼姑娘吆喝，她們是在家鄉修道院辦的女校畢業的，服從慣了，當下便笑著徜徉著進去了[191]。醫科學生都要派到郊外急救站去，每組二男一女。兩個檳榔嶼姑娘互相嘲戲，問希望跟哪個男生派在一起，就像希望跟誰翻了

---

[189]　張愛玲：《小團圓》臺北：皇冠，2009，第 21 頁。

[190]　張愛玲：《小團圓》臺北：皇冠，2009，第 47 頁。

[191]　張愛玲：《小團圓》臺北：皇冠，2009，第 53 頁。

船漂流到荒島上 [192]。

從這些文字摘錄，我們可以發現「柔絲」這位女華僑，很受張愛玲的看重。張在《小團圓》裡描繪女華僑的時候，出現了一個「沒提名字」的現象 —— 只有在柔絲身上破了一次例，而且又詳細進一步說明，她的故鄉是馬來亞檳榔嶼。她胸前掛著的「小金字架」—— 也令人想起月女的「小銀十字架」。再者，她在戰火中屋外觀望的事蹟，也似曾相識 —— 月女也做過同樣的傻事。這些都證明了，柔絲跟月女為同一人。——《小團圓》是張愛玲「稀稀用薄紗蓋過」（thinly-veiled）的自傳體小說 —— 就是指張愛玲在不太重要的部分，加上了輕微的藝術加工，但事件倒是真實的。

柔絲的哥哥，在《小團圓》裡對號入座應該就是「林醫生」。話說香港戰爭爆發，九莉（或說是張愛玲）的宿舍關閉了，異鄉學生回不了家，就轉到美以美教會女宿舍去，而柔絲也在那裡避難。後來因為美以美宿舍也中了砲彈，柔絲的哥哥（畢業班醫學生林醫生）來接柔絲，也一起把九莉帶走了：

是簡陋的老洋房，空房間倒很多，大概有親友可投奔的都走了。她一人住一間，光線很暗。沒想到會在這裡遇見檳榔嶼的玫瑰 —— 柔絲到她房門口來招呼，態度很不自然，也

---

[192] 張愛玲：《小團圓》臺北：皇冠，2009，第 58-59 頁。

許是怕她問起怎麼沒到急救站去。當然一定是柔絲的哥哥不讓她去，把她送到這裡來。……[193]

　　美以美教會宿舍的浴室只裝有一隻灰色水泥落地淺缸……

　　「九莉！」柔絲站在浴室門口。「安竹斯先生死了！打死的。」九莉最初的反應是忽然占有性大發，心裡想柔絲剛來了半年，又是讀醫的，她又知道什麼安竹斯先生了。但是面部表情當然是震動，只輕聲叫了聲：「怎辦？」校中英籍教師都是備份軍，但是沒想到已經開上前線。九莉也沒問是哪裡來的消息，想必是她哥哥。柔絲悄悄的走了。九莉繼續洗襪子，然後抽咽起來……[194]

但是，從這一段文字看來，柔絲跟九莉的關係可能是不太融洽的：

　　有人叫道：「柔絲，你哥哥來了。林醫生來了。」畢業班的醫科學生都提前尊稱為醫生。「嗳呀，大哥，你這時候怎麼能來，我們這裡剛中了彈片。」「這裡危險，我來接你的，快跟我來。」見九莉是她原宿舍的同學，便道：「你的朋友要不要一塊去？」九莉忙應了一聲，站起身來，見柔絲欲言又止，不便告訴她哥哥她正遠著九莉。三人走了出來，林醫生

---

[193]　張愛玲：《小團圓》臺北：皇冠，2009，第 60 頁。

[194]　張愛玲：《小團圓》臺北：皇冠，2009，第 67 頁。

道：「到邦納堂去，那裡安全。」那是個男生宿舍[195]。

但最後，九莉也跟著一起走了。隨後書中又有他們三人手拉手，在彈林中逃生的驚險一幕：

從橫街走上環山馬路，黃昏中大樹上開著大朵的硃紅聖誕花，忽然吱呦歐歐一聲銳叫，來了個彈片。「快跑！」林醫生說。三人手拉手狂奔了起來。……林醫生居中，扯著她們倆飛跑。跑不快帶累了人家，只好拚命跑……馬路又是往上斜坡的，儘管斜度不大，上山的路長了也更透不過氣來，胸前壓著塊鐵板。轉入草坡小徑方才脫險。到了男生宿舍，在食堂上坐了下來，這才聽見炮聲一聲聲轟著，那聲音聽著簡直有安全感。林醫生找了些《生活》雜誌來給她們看，晚上停炮後又送了她們回去[196]。

如果《小團圓》真的是張愛玲的「人生紀錄」，那麼，依這段文字看來，馬來亞華僑林醫生，還真救過她一條命哩！這不就是個真人版的「英雄救美」故事嗎？是的。從此，張愛玲永遠再也不可能忘記了。就因為1941年。「謝謝」第二次大戰。她欠了人家一條命。

還有一點就是，戰火中，林醫生居中，三人手拉手狂奔的事件，不由得讓人想起張愛玲常提起的、源自《詩經》裡的

---

[195]　張愛玲：《小團圓》臺北：皇冠，2009，第61頁。
[196]　張愛玲：《小團圓》臺北：皇冠，2009，第62頁。

一句話，那就是：

死生契闊 —— 與子相悅，執子之手，與子偕老。

我發現了這裡的「手拉手，林醫生居中」與「執子之手」這四個字的對應後 —— 沉吟良久，忽然悲從中來 —— 久久不能平復。在大家都熟悉的〈傾城之戀〉裡，跟柔絲的哥哥一樣是馬來亞華僑的范柳原這樣說：

《詩經》上有一首詩 —— ……我唸給你聽：「死生契闊 —— 與子相悅；執子之手，與子偕老。」我的中文根本不行，可不知解釋得對不對……[197]

在《自己的文章》這篇散文裡，張愛玲自言：

我發覺許多作品裡力的成分大於美的成分。力是快樂的，美卻是悲哀的，兩者不能獨立存在。「死生契闊 —— 與子相悅，執子之手，與子偕老」是一首悲哀的詩，然而它的人生態度又是何等肯定[198]。

是的，張愛玲到處留下「密碼」，念念不忘這隻「執子之手」。那麼，「柔絲／月女的哥哥林醫生」非常有可能就是那位在張愛玲心頭上引起「初戀心情」、那位「略大幾歲」、「從

---

[197] 張愛玲：《傾城之戀 —— 張愛玲短篇小說集之一》臺北：皇冠，1991，第216頁。

[198] 張愛玲：《張看 —— 張愛玲散文結集》（下冊）北京：經濟日報，2002，第366頁。

前錯過的男孩子」。

因為《小團圓》被張愛玲「稀稀地蓋了層薄紗」，人物的真名也都隱藏起來。名字之間的對應關係，我們在前面第四章已談過了。那麼，這位「林醫生」真名字叫什麼，可有線索？

雖然不能完全確定，張愛玲在〈燼餘錄〉裡，似乎是透露了一點「風聲」—— 暗示這人是誰。在這篇真實性很高的散文裡，張鄭重地提到了兩位男性馬來亞華僑。除了戰中結婚的、在《小團圓》裡稱為李醫生的富僑生，另一位被張在〈燼餘錄〉裡「點名」給予賞識的，則是一位叫「喬納生」的卓越人物：

在這狂歡的氣氛裡，唯有喬納生孤單單站著，充滿了鄙夷和憤恨。喬納生也是個華僑同學，曾經加入志願軍上陣打過仗。他大衣裡面只穿著一件翻領襯衫，臉色蒼白，一綹頭髮垂在眉間，有三分像詩人拜倫，就可惜是重傷風。喬納生知道九龍作戰的情形。他最氣的便是他們派兩個大學生出壕溝去把一個英國兵抬進來 ——「我們兩條命不抵他們一條。招兵的時候他們答應特別優待，讓我們自己歸我們自己的教授管轄，答應了全不算話！」他投筆從戎之際大約以為戰爭是基督教青年會所組織的九龍遠足旅行 [199]。

---

[199]　張愛玲：《張看 —— 張愛玲散文結集》（上冊）北京：經濟日報，2002，第37頁。

　　喬納生在這裡給人的印象，也許是「英勇」與「正義」。二戰爆發了──他二話不說，從醫學生搖身一變，成為「上陣打過仗」的志願軍。香港其實不是他的家，道義上不必為香港冒險──他卻也願意這麼做，可見這個人很有想法。戰後，大孩子們都沉浸在「狂歡的氣氛裡」，唯有他不──他像超人superman一樣，「孤單單站著」，眾人皆醉我獨醒──只因為他鄙夷英國人的假面具，恨他們出爾反爾──招兵時答應讓他們自己歸自己教授管轄，但戰時卻不顧兩個大學生的死活，派他們出壕溝去把一個英國兵抬進來。這樣一個不亢不卑的人物，無怪張愛玲要對他另眼相看了。

張愛玲的港大華僑同學──喬納生，有三分像詩人拜倫

　　柔絲的哥哥林醫生，二戰救美，也屬於同一性質的慷慨、英勇人物。喬納生應該也是位跟張愛玲交往頗深的人──不然喬納生也不會把心裡的、關於「政治」這個課題

的苦怨向她傾訴，算是個紅顏知己了。她句末的「他投筆從戎之際大約以為戰爭是基督教青年會所組織的九龍遠足旅行」，有種感覺喬納生「可愛好笑」的因素在裡面 —— 女兒之心，表露無遺。我相信「林醫生」與「喬納生」為同一個人。

喬納生的長相如何？應該是好看的 —— 張愛玲說，「他大衣裡面只穿著一件翻領襯衫，臉色蒼白，一綹頭髮垂在眉間，有三分像詩人拜倫」。喬納生的樣子，張愛玲不捨得不讓人知道。還有，從〈談跳舞〉裡，我們也可以知道，張愛玲很是仰慕拜倫的詩才，說他的詩「充滿了風起雲湧的動作」：

舞劇《科賽亞》，根據拜倫的長詩；用舞來說故事，也許這種故事是特別適宜的，就在拜倫的詩裡也充滿了風起雲湧的動作 [200]。

依我推測，張愛玲與月女的哥哥／林醫生，在二戰時也曾居住在同一宿舍。港大本來男女有別，宿舍分開而住。但在二戰期間，可能為了安全，女生全遷入男宿舍內：

香港已經投降了，她還不敢相信，去防空站看了，一個人也沒有。在醫科教書的一個華僑醫生出面主持，無家可歸的外埠學生都遷入一個男生宿舍，有小耳朵飯可吃 [201]。在十十多年前，社會風氣確實比較不自由。正在懷春的男男女

[200] 張愛玲：《張看 —— 張愛玲散文結集》（下冊）北京：經濟日報，2002，第256頁。
[201] 張愛玲：《小團圓》臺北：皇冠，2009，第68頁。

女，突然間被安排住在一起，初戀之情懷就這樣發芽，也是很正常的。不管是「月女的哥哥」、「柔絲的哥哥」、「林醫生」還是「喬納生」，從文字中，都應該是跟張愛玲有過深交的。張愛玲遷進了男宿舍，那兩人見面的機會一定是更多了。

可能我們也會想起，張愛玲在《小團圓》裡曾說搬入男宿舍後，怎麼樣在食堂裡遇到了跟她有點過節的、同屬文學系的嚴明昇，覺得「有點怕人看見，不要以為他是她的男朋友[202]。」為何要害怕呢？大概是因為不要讓也同住一宿舍、她中意的人誤會——完完全全是一種所謂的「初戀的心情」了。

根據張愛玲的《小團圓》，上海人與馬來亞華僑戀愛結婚，在港大是有先例的。《小團圓》記錄了李醫生與也在學醫的上海女婀墜結婚。所以，如果來自上海的才女張愛玲，跟一個很投機又救過她的「南洋拜倫」結婚，白首到老——也並不是天方夜譚的事，反而是很可能成為千古佳話的。

但是，後來事情如何了結呢？其中的曲折，我們還不知道。反正就是沒有開花結果，錯過了。這個比她略大幾歲的男孩子，理所當然就成了她「從前錯過了的」，有過「初戀心情」的——永遠的遺憾。

張愛玲在回上海之後，於 1944 年 4 月 4 日在上海《雜誌》第 13 卷第一期，發表過一篇標題叫〈愛〉的「十分精練」的

---

[202]　張愛玲：《小團圓》臺北：皇冠，2009，第 68 頁。

散文。我從前只是把它當作一個浪漫而淒美的故事看待。但
是，如果以上推理正確的話，它也許就有了新的一層意義。
因為文章精短，我把全篇抄錄於此[203]：

〈愛〉

這是真的。有個村莊的小康之家的女孩子。生得美，有
許多人來做媒，但都沒有說成。那年她不過十五六歲吧，是
春天的晚上，她立在後門口，手扶著桃樹。她記得她穿的是
一件月白的衫子。對門住的年輕人同她見過面，可是從來沒
有打過招呼的，他走了過來，離得不遠，站定了，輕輕地說
了一聲：「噢，你也在這裡嗎？」她沒有說什麼，他也沒再說
什麼，站了一會，各自走開了。

就這樣就完了。

後來這女人被親眷拐了，賣到他鄉外縣去作妾，又幾次
三番地被轉賣，經過無數的驚險的風波，老了的時候她還記
得從前那一回事，常常說起，在那春天的晚上，在後門的桃
樹下，那年輕人。

於千萬人之中遇見你所要遇見的人，於千萬年之中，時
間的無涯的荒野中，沒有早一步，也沒有晚一步，剛巧趕上
了，那也沒有別的話可說，唯有輕輕的問一聲：「噢，你也
在這裡嗎？」

---

[203]　張愛玲：《張看 —— 張愛玲散文結集》（上冊）北京：經濟日報，2002，第52頁。

　　如果把背景想像為二戰前後港大的男宿舍，而不是遠方的小小鄉村──也是未嘗不可的。多麼美好的春天的夜，有月亮，港大宿舍的後花園有粉紅的桃樹。她穿著月白旗袍，婉麗好看。這個年輕人應該也是跟她很速配的，而且愛她，就安排住在對門的房間。算是有緣分。在永恆、廣大的宇宙間──有這一個精巧的安排──難道就是為了輕輕的一句：「噢，你也在這裡嗎？」這真是個令人傷感的故事啊！

　　如果張愛玲在港大，因為戰爭的突發，而無端端生出了「華僑救美」、「遷進男宿舍」、「初戀心情」等美好的事情──〈傾城之戀〉末尾，張愛玲寫那幾句令人回味無窮的話，也就更令人感慨人生玄妙了：

　　香港的陷落成全了她。但是在這不可理喻的世界裡，誰知道什麼是因，什麼是果？誰知道呢？也許就因為要成全她，一個大都市傾覆了[204]。

　　的確。張愛玲這樣的「執子之手式的初戀」，也該算是一種「傾城之初戀」吧！為了她的這段不大能說出口的，「錯過了的初戀」，世界第二次大戰在香港爆發了。都是為了她、為了她。

　　還有一點值得注意的就是，張愛玲在致宋淇（1976 年 4 月 22 日）的信中對他說《小團圓》「是一個熱情故事。我想表

---

[204]　張愛玲：《傾城之戀──張愛玲短篇小說集之一》臺北：皇冠，1991，第 230 頁。

達出愛情的萬轉千回，完全幻滅以後也還有點什麼東西在。」

　　研究張愛玲的學者，通常都把張愛玲這樣的目的，說成是她與胡蘭成之間從相愛到離婚之過程。當然，這裡面有對的地方——張愛玲的生命中，不能不提胡蘭成。她與胡蘭成的婚姻不足三年，以離婚收場[205]；二戰過後，張還因為胡複雜的日本漢奸身分而被捲了進去：

日期	事件
1939 年	歐戰爆發
1941 年底	香港淪陷
1944 年 8 月	與胡蘭成結婚
1945 年 8 月	日本投降 胡蘭成匿名逃亡，另結新歡 張愛玲飽受上海小報攻擊
1947 年 6 月	胡蘭成逃離海外 張愛玲開始在上海度過恐懼的三年
1952 年 7 月	結束十年賣文生涯，永別中國[206]

　　很多人對張胡之戀津津樂道，認為前者對後者念念不忘——我卻另有看法。反而，跟燕山（桑弧）的一段情，在《小團圓》寫得更為精緻甜蜜——如細水流唱[207]。桑弧是

---

[205]　張子靜：《我的姐姐張愛玲》上海：文匯，2003，第 156 頁。
[206]　張子靜：《我的姐姐張愛玲》上海：文匯，2003，第 158 頁。
[207]　張愛玲：《小團圓》臺北：皇冠，2009，第十二章。

「上海很少見的本地人」，不但還沒結婚，也是個有才華的導演。張愛玲為他寫電影劇本，寫到兩人拍拖。後來燕山跟一個「小女伶」[208] 結了婚──大作家張愛玲心很酸，「心裡像火燒一樣」[209]。從《小團圓》裡可以看出，張愛玲所以會跟胡蘭成戀愛，有一半是因為她從香港回上海之後，二十二歲了，沒有男友，又在寫愛情故事，「給人知道不好」：

　　這天晚上在月下去買蟹殼黃，穿著件緊窄的紫花布短旗袍，直柳柳的身子，半卷的長髮。燒餅攤上的山東人不免多看了她兩眼，摸不清是什麼路數。歸途明月當頭，她不禁一陣空虛。二十二歲了，寫愛情故事，但是從來沒戀愛過，給人知道不好 [210]。

　　這就是說，是為了談戀愛而談戀愛，不是真愛了。到了後來，就算是最熱騰騰的時候，張愛玲有時也猶猶豫豫地覺得「意興闌珊」，連胸有成竹的邵之雍（胡蘭成）也動了容：

　　依偎著，她又想念他遙坐的半側面，忽道：「我好像只喜歡你某一個角度。」之雍臉色動了一動，因為她的確有時候忽然意興闌珊起來 [211]。

　　然後，當然是兩人的想法相差得越來越遠，之雍不但前

---

[208]　張愛玲：《小團圓》臺北：皇冠，2009，第十二章，第 321 頁。
[209]　張愛玲：《小團圓》臺北：皇冠，2009，第 322 頁。
[210]　張愛玲：《小團圓》臺北：皇冠，2009，第 162 頁。
[211]　張愛玲：《小團圓》臺北：皇冠，2009，第 187 頁。

娶妻後娶妾，最後還跟張愛玲的好友比比（炎櫻）調情——九莉（張愛玲）再也受不了。這裡從《小團圓》摘下幾節，來證明這樣的說法：

> 他告訴她他第一個妻子是因為想念他，被一個狐狸精迷上了，自以為天天夢見他，所以得了癆病死的。他真相信有狐狸精！九莉突然覺得整個的中原隔在他們之間，遠得使她心悸 [212]。

> （邵之雍道：）「轟炸的時候在防空洞裡，小康（筆者按：邵之雍新歡）倒像是要保護我的樣子歐！」此外依舊是他們那種玩笑打趣。……但是一面微笑聽著，心裡亂刀砍出來，砍得人影子都沒有了。[213]

> ……九莉坐在窗口書桌前，窗外就是陽臺，聽見之雍問比比：「一個人能同時愛兩個人嗎？」窗外天色突然黑了下來，也都沒聽見比比有沒有回答，大概沒有認真回答，也甚至於當時說她，在跟她調情 [214]。

到了這個地步，他們雖還有魚水之歡，但卻已經永遠失去了夫妻間的恩愛信任了。有一次，長夜漫漫，與她廝磨，早上起來她卻「等不及的在枕上翻看埃及童話」—— 是在報復了。胡的反應則是「說她沒有心肝」，而「清冷的早晨，她

---

[212]　張愛玲：《小團圓》臺北：皇冠，2009，第 187-188 頁。

[213]　張愛玲：《小團圓》臺北：皇冠，2009，第 235 頁。

[214]　張愛玲：《小團圓》臺北：皇冠，2009，第 236 頁。

帶著兩本童話回去了，唯一關心的是用鑰匙開門進去，不要
吵醒三姑」[215]，心已成灰。

我在這裡想表達的就是，在張胡之戀中，張愛玲很受
傷。從上面那段文字來看，最後她對胡並沒有剩下多少的念
想。在這種情況下，她會不會想起從前救過她一命的南洋華
僑「林醫生」？──無論他再怎樣壞，也不至於如此吧？

依我看，張愛玲到了晚年，一切塵埃落地了以後，坐下
來編排《小團圓》這本自傳小說／小說自傳的章節，可能覺得
還是那個「錯過了」的青年最刻骨銘心、最好。於是，這樣寫
了《小團圓》開卷第一章之首句：

大考的早晨，那慘淡的心情大概只有軍隊作戰前的黎明
可以比擬，像「斯巴達克斯」裡奴隸起義的叛軍在晨霧中遙望
羅馬大軍擺陣，所有戰爭中最恐怖的一幕，因為完全是等待。

「大考的早晨」就是 1941 年 12 月 8 日（太平洋之戰爆發
之日）。當時張愛玲人在港大。《小團圓》第 325 頁，卷末的
最後一句話，也還是用了跟卷首一模一樣的句子，一字不差：

大考的早晨，那慘淡的心情大概只有軍隊作戰前的黎明
可以比擬，像「斯巴達克斯」裡奴隸起義的叛軍在晨霧中遙
望羅馬大軍擺陣，所有戰爭中最恐怖的一幕，因為完全是
等待。

---

[215] 張愛玲：《小團圓》臺北：皇冠，2009，第 240 頁。

這完全不是個偶然。或者我們可以下結論說，這樣的安排是張愛玲精心設計的 —— 她那個意味深遠的「完全的等待」—— 不就是她心底最溫柔珍貴的一段記憶嗎？直接說出來，簡直就會心疼 —— 斷不能把珍珠丟到豬圈裡去 —— 也只能用文字的密碼，一針針地、緊緊地把未了結的、「錯過了的」舊夢織起來，希望能留存到永遠。

說到「未了結的舊夢」，這裡我想引用精神分析家佛洛伊德（Sigmund Freud）的理論 [216]，試圖說明如果張愛玲真的曾經有這麼一位「患難之交、感情深」的華僑男孩子，在她的少女時代出現過的話，那麼根據佛洛伊德的理論，這段情是可以成為張愛玲書寫「南洋情結作品」的心理能量（psychic energy）的。正因為這個「忘不了」的夢不能圓滿，所以也就轉換成她不斷的、澎湃的寫作靈感。

佛洛伊德的理論與張愛玲的內在推動力

根據佛洛伊德於 1890 年的理論，人的思維，可分為三個層次。人們在日常的、有意識的現實中（如上學、上班等）

---

[216] Freud, S., The Interpretation of Dreams, Kessinger Publishing 2004。關於佛洛伊德理論的刊物有：西格蒙德‧佛洛伊德（Sigmund Freud）：林塵等譯《佛洛伊德後期著作選》上海：上海譯文，2005；西格蒙德‧佛洛伊德（Sigmund Freud）：車文博主編《佛洛伊德文集》長春：長春出版，2004。也見，王寧：《文學與精神分析學》北京：人民文學，2002；陸揚：《精神分析文論》濟南：山東教育，1998；汪暉：《作為哲學人類學的佛洛伊德理論》香港：三聯書店，1988。

的意識（conscious），只可以代表全部思維的一部分而已。在這層思維的上面，還有一層「前意識」（或上意識）（pre-conscious）。什麼是「前意識」？它是人們在必要的時候，可以隨時從記憶（memory）中「提領出來用」的一些思想。在最下面也還有很龐大的一層，叫「潛意識」（或下意識）（sub-conscious）的思維。「潛意識」又是什麼呢？它就是人們平日因為種種的原因（例如：社會制度、宗教規範）「不可對外人言」的、受壓抑的、充滿欲望與感情的思維（repressed desires and feelings）。再後來，佛洛伊德的意識理論，再度深化——他把中間的「意識」層次的對應稱為「Ego」（自我），「前意識」稱為「Id」（本我），「潛意識」稱為「Superego」（超我）。簡單來說，每個人的這三層思維，每天都在互相爭鬥、衝突著。一個循規蹈矩、身心健康的「社會棟梁」——他的這三層思維，應該是平衡得很好的——比方說，他早上可以用 Ego（與 Id）做個好人，下班後他可以完成他的社會宗教準繩下，有權享受吃喝玩樂的飲食男女；而那下面一層人類自然的「Superego」——那些比較獸性粗野、很難說出口又可能會「離經叛道」的欲望（關於「性」的欲望），又要怎麼處理呢？看來造物者早已經想到這點了——根據佛洛伊德，其中一個管道，就是由「夢境」把這些欲望演繹出來，讓人的狀態達到和諧。這個著名的理論，難處就是在於如何詮釋一個人的夢境呢？因為，夢裡面充滿象徵性的事物。所以，就算清

楚一個人做的是什麼夢，也不一定能把他的 Superego 說得準確無誤。故有 *The Interpretation of Dreams*《夢的解析》[217] 一書，但也不甚完善。

佛洛伊德也相信一種傳統的、關於「心理能量」(psychic energy) 的學說。這種源自於潛意識之 Superego，如果無法控制或排除出去，而欲望又太強勁的話，就會形成一種巨大的力量，由中間 Ego 層次「爆發」出來 —— 從中影響這個人在日常裡的行為了。

張愛玲應該也讀過佛洛伊德的理論，而且也認為有道理。這是因為，她在作品中多次引用此理論。在《小團圓》裡，鄉下唱戲，她說背景的床帳，「是個佛洛伊德的象徵」[218]。九莉夢見「手攔在一棵棕櫚樹上，突出一環一環的淡灰色樹幹非常長，沿著欹斜的樹身一路望過去，海天一色，在耀眼的陽光裡白茫茫的，睜不開眼」，張愛玲說「這夢一望而知是佛洛依德似的，與性有關」[219]。《小團圓》的結局，也是個夢境：

青山上紅棕色的小木屋，映著碧藍的天，陽光下滿地樹影搖晃著，有好幾個小孩在松林中出現，都是她的。（胡）出現了，微笑著把她往木屋裡拉，非常可笑。她忽然羞澀起

---

[217]　Freud, S., The Interpretation of Dreams, Kessinger Publishing, 2004。
[218]　張愛玲：《小團圓》臺北：皇冠，2009，第 264 頁。
[219]　張愛玲：《小團圓》臺北：皇冠，2009，第 226 頁。

來，兩人的手臂拉成一條直線，就在這個時候醒了……她醒來快樂了很久很久。

　　這樣的夢只做過一次，考試的夢倒是常做，總是噩夢。

　　大考的早晨，那慘淡的心情大概只有軍隊作戰前的黎明可以比擬，像「斯巴達克斯」裡奴隸起義的叛軍在晨霧中遙望羅馬大軍擺陣，所有戰爭中最恐怖的一幕，因為完全是等待 [220]。

　　很可惜張愛玲沒有自己再當「解夢人」過 ── 但是，她「只做過一次」關於邵之雍（胡蘭成）的夢，而且得到的全都只是性方面的歡愉。但是，相對之下，「大考的早晨」，依我推斷為回憶與紀念南洋華僑同學的抒寫，雖然是可怖的「完全的等待」，卻「經常做」── 大概是因為更響往。所以，如果有排行榜，我覺得她也許還是最愛心目中的那位「華僑英雄」，桑弧、賴雅在中間，最後才是胡蘭成 ── 當然，這是我自己對張愛玲的夢境之分析 ── 也不一定對。

　　佛洛伊德用他自己「發明」的理論，運用在他的醫療所裡。他讓他的病人（也就是不能平衡三個思維層次的衝突的人），「把不能說的說出來」，進行一種「談話治療」（Talking Cure）── 從中抒發、緩和下層思維。

　　張愛玲是個專業作家。在這裡，我想在佛洛伊德的理論

---

[220]　張愛玲：《小團圓》臺北：皇冠，2009，第 325 頁。

基礎上提出推論，她之所以會寫出很多關於馬來亞華僑的浪漫愛情故事，其中一個內在動力源自於她的「心頭念想」。那就是她在港大跟一位有過「初戀心情」、救過她、在她生命中留下深深烙印的南洋拜倫結連理的夢，可能因為某些原因達成不了。當這種無奈的、絕望的欲望，變成了「完全的等待」，融入潛意識的 Superego 層次，形成這種龐大的內在力量。書寫南洋可能讓張愛玲得到一種愉悅與安慰感，於是，這個內在動力由中間 Ego 層次傾巢而出 —— 讓張愛玲寫了一篇又一篇浪漫大團圓式的故事，或是含有南洋意象的作品。

也許，〈傾城之戀〉這篇小說就是個執行佛洛伊德理論的例子。男主角范柳原的背景，跟張愛玲的港大華僑男同學，可以說有雷同之處：都是華僑富戶，長相不錯、羅曼蒂克、英勇有餘；女主角白流蘇則有點像張愛玲，是個出色的傳統貴族中國女子 —— 她跟誰都不一樣，特別瞧不起正在腐爛中的、帶著清末遺風的其他家鄉女子與家人。在 1941 年 12 月 8 日（也就是張愛玲在真實世界裡大考的那一天），戰事開鑼了。平時看不出來柳原居然是個英雄。他本來要坐船去英國，船又掉頭回香港。他最後救了流蘇。這個故事的模式，不就跟張愛玲自己在戰火中被南洋華僑所救的故事相似嗎？但是，因為張愛玲是個優秀的作家 —— 她主宰不了真實世界裡的命運，但在小說裡是可以的。張愛玲其他的小說，大都

是以破碎為結局——但是〈傾城之戀〉就不讓——偏要給有情人終成眷屬——圓一圓自己的潛意識中的願望。夢，在美麗的文字中甜甜地進行，然後完結。

　　電影劇本《一曲難忘》[221] 也差不多是這個模式。男主角伍德建是富家子，還在唸書（大概是大學），認識了身世可憐、母親很勢力、需要賣唱養家的女歌手南子。「南子」這個名字，典故來自春秋時期衛靈公夫人（宋國公主），暗示著她可能有貴族血統。然後又是「1941 年 12 月 8 日」這個「命中注定」的日子之來臨，戰事爆發了，德建與南子就開始了一段悲歡離合。德建雖然去了美國哥倫比亞大學求學，但最後學成歸來，把南子救出火坑。兩人後來不顧家庭反對，坐船到南洋新加坡去，雙棲雙宿——以大團圓收場。在這裡，順便要提一下，男主角的名字叫「伍德建」——也就是「無得見」的諧音。這我想也許是在影射張愛玲在現實世界裡，後來就是一場「完全的等待」——再也沒有見到她的意中人了。「月女的哥哥」／「林醫生」會不會後來坐船轉到美國去唸醫學系，但是這隻船卻永遠沒有掉頭，造成兩人看似可能的戀情，沒有進一步的發展呢？張愛玲那邊，則停學回上海，轉讀聖約翰大學——大家勞燕分飛了。

---

[221]　藍天雲編《張愛玲電懋劇本集》（第四集）香港電影資料館，2010，第 42 頁。

動因二：鮑比與愛因斯沃斯理論

張愛玲對母親熱烈之依戀：鮑比與愛因斯沃斯的理論

其次，張愛玲作品中之所以會出現濃厚的南洋情結，內在動因也可能出自她對母親黃素瓊的愛慕、深情。雖然父母早年離異，母親又多次出洋，年長後更是與母親有些嫌隙——但張愛玲一生始終都活在母親龐大的影子下。其中，受母親「南洋經歷」的影響，極為深遠。

英國著名的兒童心理學家約翰・鮑比（John Bowlby）[222]，在第二次大戰後，提出了有關親子關係的「依附理論」／依戀理論」（Attachment Theory）[223]。他說，母親與小孩之間，有種源自天然的「依附／依戀」關係——小孩的基因中，為了生存（survival），對母親（或守護者）有種自然的、強烈的依附性。這就是說，在危急時分，孩子會向他認為可依靠的人物尋求庇護。在安穩的時刻，他們也會安心地在這些人的照料下生活與發展。

在張愛玲的童年與少年，甚至中年時期，如果有一位顯著的、她認為可依附的守護者，那這人應該就是她的母親了。張愛玲的姑姑在她成長後，好像也成為了她的另一位守

[222]　1907-1990。

[223]　Bowlby J., Maternal Care and Mental Health, Geneva: World Health Organization, 1951.

護者。但是，從張愛玲自己的作品與現有的資料看來，在張愛玲的整個人生中，母親發揮的力量似乎是更強大有力的。

張愛玲出身名門的母親，黃素瓊 —— 其背景已在第四章大略談過 —— 這裡因為事關重要，又再添上幾筆。根據張愛玲的弟弟張子靜，外曾祖父黃翼升 (1818-1894) 曾在曾國藩麾下領軍，馳騁疆場，平定太平天國和東捻之亂 [224]，家境富裕：

我的外祖父自他父親處繼承了很多遺產：除了房產地產，在南京還有一個祠堂專門放置古董，僱有專人管理。我母親後來幾次出國以及她在國外的生活費用，大多是靠她分得的古董 [225]。

黃素瓊受過傳統家教，卻也深受五四運動影響，是個新舊時代的「邊緣人」：

我母親雖然出身傳統世家，思想方面卻不保守，尤其受到五四運動及自身經驗的影響。她對男女不平等與舊社會的腐敗習氣更為深惡痛絕 [226]。

在這種情況下，黃素瓊女士不但成為張愛玲童年的華文導師（學方塊字、唐詩、中國文學），更啟蒙了張愛玲對西方

---

[224] 張子靜：《我的姐姐張愛玲》上海：文匯，2003，第 36 頁。
[225] 張子靜：《我的姐姐張愛玲》上海：文匯，2003，第 86 頁。
[226] 張子靜：《我的姐姐張愛玲》上海：文匯，2003，第 44 頁。

文化（學英文、彈鋼琴、居家設計）的認識。張愛玲常常在作品裡回憶她跟母親怎麼學唐詩、畫圖、彈琴等 —— 母女倆人顯然度過了段美好的時光。

從〈私語〉裡，讀者們可以了解到，張愛玲的方塊字與唐詩，原來是她的母親教的：

> 我記得每天早上女傭把我抱到她床上去，是銅床。我爬在方格子青錦被上，跟著她不知所云地背唐詩。她才醒過來總是不甚快樂的，和我玩了許久方才高興起來。我開始認字塊，就是伏在床邊上，每天下午識兩個字之後，可以吃兩塊綠豆糕[227]。

由於黃素瓊也曾留過學，所以也把西洋畫圖原理等知識傳給張愛玲：

> 母親告訴我英國是常常下雨的，法國是晴朗的，可是我沒法矯正我最初的印象。我母親還告訴我畫圖的背景最得避忌紅色，背景看上去應當有相當的距離……畫圖之外我還彈鋼琴，學英文。……此外還充滿了憂鬱的傷感，看到書裡夾的一朵花，聽我母親說起它的歷史，竟掉下淚來。我母親見了就向我弟弟說：「你看姐姐不是為了吃不到糖而哭的！」我被誇獎著，一高興，眼淚也乾了，很不好意思。

---

[227]　張愛玲：《張看 —— 張愛玲散文結集》（上冊）北京：經濟日報，2002，第73頁。

張愛玲小時候的西洋音樂世界，也是母親（與姑姑）為她創造出來的：

> 我第一次和音樂接觸，是八九歲時候，母親和姑姑剛回中國來，姑姑每天練習鋼琴，伸出很小的手……琴彈出來的，另有一個世界，可是並不是另一個世界，不過是牆上掛著一面大鏡子，使這房間看上去更大一點，然而還是同樣的斯文雅緻的，裝著熱水汀的一個房間。有時候我母親也立在姑姑背後，手按在她肩上，「啦啦啦啦」吊嗓子。我母親學唱，純粹因為肺弱，醫生告訴她唱歌於肺有益。無論什麼調子，由她唱出來都有點像吟詩（她常常用拖長了的湖南腔背誦唐詩）。而且她的發音一來就比鋼琴低半個音階，但是她總是抱歉地笑起來，有許多嬌媚的解釋。她的衣服是秋天的落葉的淡赭……永遠有飄墮的姿勢。我總站在旁邊聽，其實我喜歡的並不是鋼琴而是那種空氣[228]。

張愛玲在下面幾個例子裡，更是訴說小時跟母親一起生活的安穩快樂 —— 字字皆流露深切仰慕之意：

〈童言無忌〉

> 我一直是用一種羅曼蒂克的愛來愛著我的母親的。她是位美麗敏感的女人……[229]

---

[228] 張愛玲：《張看 —— 張愛玲散文結集》（下冊）北京：經濟日報，2002，第264-265 頁。

[229] 張愛玲：《張看 —— 張愛玲散文結集》（上冊）北京：經濟日報，2002，第57 頁。

我最初的回憶之一是我母親立在鏡子跟前，在綠短襖上別上翡翠胸針，我在旁邊仰臉看著，羨慕萬分，自己簡直等不及長大。我說過：「八歲我要梳愛司頭，十歲我要穿高跟鞋，……」[230]

〈私語〉

我們搬到一所花園洋房裡，有狗，有花，有童話書，家裡陡然添了許多蘊藉華美的親戚朋友。我母親和一個胖伯母並坐在鋼琴凳上模仿一齣電影裡的戀愛表演，我坐在地上看著，大笑起來，在狼皮褥子上滾來滾去。

……家裡的一切我都認為是美的頂峰。[231]

但是，張愛玲的母親，後來因為對父親納妾、抽煙惡習不滿，離開家庭孩子，跟張愛玲的姑姑「出國留學」：

我母親雖然出身傳統世家，思想觀念卻不保守，尤其受到五四運動及自身經驗的影響。她對男女不平等及舊社會的腐敗習氣更為深惡痛絕。傳統的舊式婦女，對丈夫納妾、吸大煙等等行徑，往往是只有容忍不置一辭。因為家裡並無她們發言的地位。我母親對父親的墮落則不但不容忍，還要發言干預……[232]

---

[230] 張愛玲：《張看 —— 張愛玲散文結集》（上冊）北京：經濟日報，2002，第58頁。

[231] 張愛玲：《張看 —— 張愛玲散文結集》（上冊）北京：經濟日報，2002，第75頁。

[232] 張子靜：《我的姐姐張愛玲》上海：文匯，2003，第44頁。

　　我姑姑也是新派女性，站在我母親這一邊。後來發現兩個女人的發言對一個男人並不產生效力，她們就相偕離家出走以示抗議——名義上好聽一點，是說出過國留學。1924年夏天，我母親28歲，已有兩個孩子。這樣的身分還要出國留學，在當時的社會是個異數。由此也可看出我母親的果敢和堅決。思想保守的人，說她「不安分」；思想開朗的人，則讚揚她是「進步女性」[233]。

　　張愛玲的母親在國外，到底都在學什麼呢？根據張子靜，她「遠走國外，學習英文、法文，進入美術學校學習繪畫和雕塑」[234]。這樣看來，她的西洋文化底子並非空心，而是有些道理的。想想看，那是差不多一世紀前的中國，在小小的張愛玲眼中，有這麼一位走在時代最前端、進步的母親——可能在她心目中，就有如老百姓看慈禧太后一樣——顯赫貴氣。我想，在這種背景下，她會依戀母親，也是很自然正常的。我想，張愛玲與母親的關係，並不是畸形的、類似佛洛伊德的「戀母」模式——而是約翰·鮑比（John Bowlby）[235] 所說的，屬於很健康的，一種孩子對母親的「依附」／「依戀」（Attachment）。但可能張愛玲是個女兒，人又特別敏感、智慧，而她的母親在當代也確可算是個風頭人

---

[233]　張子靜：《我的姐姐張愛玲》上海：文匯，2003，第 44-45 頁。
[234]　張子靜：《我的姐姐張愛玲》上海：文匯，2003，第 88 頁。
[235]　1907-1990。

物 —— 所以張愛玲對母親的情感、愛意，比一個普通小孩更
為炙烈，也是應該的。

　　雖然張愛玲的母親回國後，與張的父親復合 —— 但好景
不長 —— 前後不到兩年就離婚了。此後，張母常常不定期地
在國內外居住，而張父也還娶了前妓女為姨太太。因為母女
長久地合合離離，早慧如張愛玲[236]，於五歲稚齡雖然對母愛
慕繾綣，心靈卻已有創傷的痕跡了：

　　還有一件事也使我不安，那更早了，我五歲，我母親那
時候不在中國。我父親的姨太太是一個年紀比他大的妓女，
名喚老八，蒼白的瓜子臉，垂著長長的前瀏海。她替我做了
頂時髦的雪青絲絨的短襖長裙，向我說：「看我待你多好！
你母親給你們做衣服，總是拿舊的東拼西改，哪兒捨得用整
幅的絲絨？你喜歡我還是喜歡你母親？」我說：「喜歡你。」
因為這次並沒有說謊，想起來更耿耿於心了[237]。

　　在〈私語〉裡，張愛玲也形容了母親將出洋前夕，骨肉分
離之徹骨悲痛：

---

[236]　張愛玲在《造人》這篇散文中，也暗示了她從小就很懂事：「小孩不像我們
　　　　想像的那麼糊塗。父母大都不懂得子女，而子女往往看穿了父母的為人。我
　　　　記得很清楚，小時候怎樣渴望把我所知道的全部吐露出來，把長輩們大大
　　　　的嚇唬一下。……他們把小孩看做有趣的小傻子，可笑又可愛的累贅。他們
　　　　不覺得孩子的眼睛的可怕 —— 那麼認真的眼睛，像末日審判的時候，天使
　　　　的眼睛。」張愛玲：《張看 —— 張愛玲散文結集》（上冊）北京：經濟日報，
　　　　2002，第 67 頁。

[237]　〈童言無忌〉，收錄於 —— 張愛玲：《張看 —— 張愛玲散文結集》（上冊）北京：
　　　　經濟日報，2002，第 62 頁。

我母親和我姑姑一同出洋去，上船的那天她伏在竹床上痛哭，綠衣綠裙上面釘有搯搐發光的小電影。傭人幾次來催說已經到了時候了，她好像沒聽見，他們不敢開口了，把我推上前去，叫我說：「嬸嬸，時候不早了。」（我算是過繼給另一房的，所以稱叔叔嬸嬸。）她不理我，只是哭。她睡在那裡像船艙的玻璃上反映的海，綠色的小薄片，然而有海洋的無窮盡的顛簸悲慟[238]。

張母雖然有「豐厚的陪嫁」[239]，但是後來因為長期出洋，過的是只出不進的日子，手頭緊 —— 兩人之間已是動搖的情感，在張愛玲少年時期，因為「錢」字一點一滴地被剝削了：

後來我離開了父親，跟著母親住了。問母親要錢，起初是親切而有味的，因為我一直是用一種羅曼蒂克的愛來愛著我的母親的。她是位美麗敏感的女人，而且我很少機會和她接觸，我四歲的時候她就出洋去了，幾次回來了又走了。在孩子的眼裡她是遼遠而神祕的。……可是後來，在她的窘境中三天兩天伸手問她拿錢，為她的脾氣磨難著，為自己的忘恩負義磨難著，那些瑣屑的難堪，一點點地毀了我的愛。能夠愛一個人愛到問他拿零用錢的程度，那是嚴格的試驗[240]。

---

[238]　張愛玲：《張看 —— 張愛玲散文結集》（上冊）北京：經濟日報，2002，第73頁。

[239]　張子靜：《我的姐姐張愛玲》上海：文匯，2003，第43頁。

[240]　張愛玲：《張看 —— 張愛玲散文結集》（上冊）北京：經濟日報，2002，第57-58頁。

　　兩人的關係，後來愈加不穩定。有次張母又要去法國了，到張讀的學校看她，她以漠然的「無惜別」來反應：

　　……她來看我，我沒有任何惜別的表示，她也像是很高興，事情可以這樣光滑無痕跡地度過，一點麻煩也沒有，可是我知道她在那裡想，「下一代的人，心真狠呀！」一直等她出了校門。我在校園裡隔著高大的松杉遠遠望著那關閉了的紅鐵門，還是漠然，但漸漸地覺得這種情形下眼淚的需要，於是眼淚來了[241]。

　　雖然張愛玲對母親的「完人」印象，隨著她逐漸長大成人，越來越顯得裂痕斑斑，但是兩人始終沒有完全鬧翻。雖然悲慟，張愛玲常常又好像情不自禁地原諒了母親，想跟她重修舊好，母女連心——張子靜曾這樣說：

　　那幾年中，我記得姐姐一到寒假就忙著自己剪紙，繪圖，製作聖誕卡和新年卡片。……我知道她總是把自認最滿意的聖誕卡拿去姑姑家，請姑姑代為寄給我母親[242]。

　　美國心理學家瑪麗·愛因斯沃斯（Mary Ainsworth）[243]後來又把約翰·鮑比的「依附／依戀理論」進一步擴張，進行

---

[241]　張愛玲：《張看——張愛玲散文結集》（上冊）北京：經濟日報，2002，第76頁。

[242]　張子靜：《我的姐姐張愛玲》上海：文匯，2003，第54頁。

[243]　(1913-1999)。Ainsworth, M.D.S., Patterns of Attachment, A Psychological Study of the Strange Situation, Hillsdale, NJ: Lawrence Erlbaum Associates, 1978.

「陌生情境」（Strange Situation）研究。在愛因斯沃斯的「陌生情境」實驗中（這裡的「陌生」，指的就是母親或守護者離棄孩子而去），她根據孩子的反應，再把親子關係細分為三種的依附／依戀型，那就是：（一）「安全型依附」（secure attachment）：在這種較樂觀的情況下，孩子對母親有相當的信心與信任。如果母親在身邊，孩子感到安穩。母親離去時，他會感到沮喪，但是只要母親重新回來身邊，他又開心了起來；（二）「焦慮矛盾型依附」（anxious-avoidant insecure attachment）：也許是因為母親曾經離開孩子而孩子為此感到沮喪，此後無論母親在身旁或離去，孩子皆好像一概不理，一律以淡然迴避來回應，感受不到安穩；（三）「迴避型依附」（anxious-resistant／ambivalent insecure attachment）：對母親十分依戀，母親在身邊時他緊貼身旁並感到煩躁，離去後更顯吵鬧、煩躁不安，就算母親重新返回身旁，他也不再信任，且以行動來抗拒。她的學生瑪麗・梅恩（Mary Main）[244] 隨後又加上第四類「混亂型依附」（disorganized attachment）── 也就是說孩子不安穩而混亂地表現出木訥、冷淡、煩躁等不正常表徵。後面三類，也許可以說都是孩童天然的、用來自衛的心理機制（coping mechanisms）。成人的依附類型之形成，

[244] Main, M. & Solomon, J., Procedures for Identifying Infants as Disorganized/Disorientated during the Ainsworth Strange Situation, Greenberg, M.T., Cicchetti, D., & Cummings, E.M. eds, Attachment in the Preschool Years: Theory, Research and Intervention, Chicago University Press, 1990.

也與童年息息相關。

也許，張愛玲對母親的感受是由童年時期的「安穩型依附」開始的，後來慢慢發展到稍微「焦慮矛盾型」的依附關係。話雖如此，但是我想，張確實是在母親非常巨大影響力的籠罩下長大的 —— 有很多例子可以證明張母的一舉一動，牢牢地包裹住了張愛玲全部人生旅程之步伐。

這裡舉一例。大家都知道張愛玲的本名為張瑛，「張愛玲」只是她母親從她的英文名字 Eileen 翻譯過來[245]。後來就算是傷痕累累，母親老死也不見最後一面，「張愛玲」這個響噹噹的，算是母親給她取的筆名，張愛玲卻也一生運用自如，永遠沒有嫌棄之意 —— 可見雖有恨有愛，到底母女情深。

下面這個「對比圖表」，顯示了張愛玲生平的行為作風，緊跟著她母親的步伐：

生平行為作風	黃素瓊	張愛玲
文化語言	中西貫通	中西貫通
生活居處	多在海外生活	曾兩次居留香港，後定居美國
婚姻狀態	離婚	離過婚

---

[245] 見《必也正名乎》，收錄於 —— 張愛玲：《張看 —— 張愛玲散文結集》（上冊）北京：經濟日報，2002，第 31 頁。

生平行為作風	黃素瓊	張愛玲
擇偶開放度	離婚後曾考慮洋人為再婚對象	離婚後嫁美國人賴雅
墮胎紀錄	曾墮胎 [246]	曾墮胎

　　再者，就連在「文學品味」這麼私人的問題上 ── 張愛玲這位大作家卻也不能「跟著感覺走」 ── 反而要「跟風」，隨從母親的選擇。比如，在論及老舍的小說時，她曾表示自己雖然覺得老舍的《離婚》、《火車》比《二馬》寫得「好得多」，但是因為母親喜歡《二馬》的關係，所以到現在張愛玲「還是喜歡《二馬》：

　　《小說月報》上正登著老舍的《二馬》雜誌每月寄到了，我母親坐在馬桶上看，一面笑，一面讀出來，我靠在門框上笑。所以到現在我還是喜歡《二馬》，雖然老舍後來的《離婚》、《火車》全比《二馬》好得多 [247]。

　　這就是愛屋及烏了。一種打從心裡出來的崇拜與愛慕。弟弟張子靜更是直言：

　　我的姐姐的性格，受我母親影響很大。而我母親的性格，則源於她特殊的身世。

---

[246]　張愛玲：《小團圓》臺北：皇冠，2009，第 193-194 頁。
[247]　張愛玲：《小團圓》臺北：皇冠，2009，第 75-76 頁。

■ 張愛玲的母親與南洋的密切關係

　　張愛玲這種跟隨母親腳步做事的作風，從心理學的角度，這與「行為主義心理學家」（Behaviourist）的基本學說是一致的。根據這種理論，一個人的舉止與行為，不來自於先天，還有後天自己從身邊（比如：家庭、學校、社會等）影響力巨大的人，「模仿」出來的。用一句老話來形容，也是簡單了當的「近朱者赤，近墨者黑」。

　　從上面的討論觀來，張愛玲常常有跟隨母親步伐的「紀錄」。而我們在第四章也已詳細談過張愛玲母親與南洋之密切關係。所以，如果說張愛玲這次也是受到母親影響，對南洋產生了一種羅曼蒂克的印象，然後這種思念、愛戀的 Super-ego，又化為另一股內在動力，變成了張愛玲南洋書寫之靈感 —— 也未嘗不能成立。

　　在這裡，就為「張母 —— 南洋」的關係，做一個簡單的補充說明：

張母與親密男友曾在新加坡經營生意

　　張子靜在《我的姐姐張愛玲》裡透露：

　　另外我表哥還透露，我母親那次回上海，帶了一個美國男朋友同行。他是個生意人，四十多歲，長得英挺漂亮，名字好像叫維葛斯托夫。我姐姐是見過母親這男友的……我母

親的男友做皮件生意，1939 年他們去了新加坡……[248]

張母與男友從馬來亞進口鱷魚皮為製造手袋用

張子靜也回憶道：

我母親的男友做皮件生意，1939 年他們去了新加坡，在那裡蒐集來自馬來西亞（筆者按：應為「馬來亞」）的鱷魚皮，加工製造手袋、腰帶等皮件出售[249]。

張母男友在新加坡死於二戰炮火

張子靜又說：

1941 年新加坡淪陷，我母親的男友死於炮火。這對她是很大的打擊。她在新加坡苦撐，損失慘重。一度行蹤不明[250]。

張母二戰後曾在馬來亞居留

張母曾去印度，當過尼赫魯姐姐的祕書。根據張愛玲的說法，她後來：

終於離開了印度，但是似乎並不急於回來，取道馬來亞，又住了下來[251]。

---

[248]　張愛玲：《小團圓》臺北：皇冠，2009，第 75-76 頁。
[249]　張子靜：《我的姐姐張愛玲》上海：文匯，2003，第 79 頁。
[250]　張子靜：《我的姐姐張愛玲》上海：文匯，2003，第 79 頁。
[251]　張愛玲：《小團圓》臺北：皇冠，2009，第 259 頁。

張母曾回上海，向張愛玲講述南洋經歷

張愛玲在《小團圓》透露了她母親在馬來亞可能跟一位英籍醫生戀人同居過一段日子：

那時候總不會像現在這樣不注重修飾，總是一件小花布連衫裙，一雙長統黑馬鞋，再不然就是一雙白色短襪，配上半高跟鞋也覺不倫不類。

「為什麼穿短襪子？」楚娣說。「在馬來亞都是這樣。」不知道是不是英國人怕生溼氣，長統鞋是怕蛇咬。她在普納一個麻瘋病院住了很久，「全印度最衛生的地方。」九莉後來聽見楚娣說她有個戀人是個英國醫生，大概這時侯就在這麻瘋病院任職。在馬來亞也許也是跟他在一起 [252]。

張母久住熱帶南洋，人變了個樣，令張愛玲震驚

張愛玲在《小團圓》又說芯秋（張母）：

人老了有皺紋沒關係，但是如果臉的輪廓消蝕掉一塊，改變了眼睛與嘴的部位，就像換了一個人一樣。在熱帶住了幾年，晒黑了，當然也更顯瘦 [253]。

以上這些章節（詳情見第四章）很出人意表——處處把張愛玲的母親跟南洋、新加坡、馬來亞連了起來。怪不得張愛玲的作品，能夠栩栩如生地、富有張力地寫活了南洋的人事物。

---

[252] 張愛玲：《小團圓》臺北：皇冠，2009，第 281-282 頁。
[253] 張愛玲：《小團圓》臺北：皇冠，2009，第 279-280 頁。

動因三：「南洋達人」毛姆之影響力

▌ 張愛玲受毛姆影響之力證

　　上面我們已經解析了兩個很可能成為張愛玲南洋書寫之內在動因 —— 那就是：（一）曾有位難忘的港大華僑生在她生命中留下痕跡；（二）她母親與南洋之間的親密關係直接影響了她作品的方向。接下來，還有第三股「影響力量」支撐著她作品中的南洋情結 —— 那就是英國名作家毛姆（Somerset Maugham）（1874-1965）文學作品之影響力 [254]。

　　巴黎出生的毛姆，是二十世紀初西洋文學界裡，最出色的寫實作家之一。學醫的毛姆，不靠醫術成名 —— 反而是他的小說，多年來讓世界紀念他，歷久不衰。他小說風格是：故事性強、少用技巧、文采乾淨。最重要的是，他的觀點聰慧獨特，常常能看出別人所不能，把人生深奧玄妙之處一併寫了進去。他「粉絲團」的名氣，也很不得了 —— 在這裡就舉例一二。第一位，就是大名鐺鐺響的作家馬奎斯（Gabriel García Márquez）。現在許多前衛的、各種主義的擁護者，常常把南美洲歸類為「魔幻主義」的馬奎斯掛在嘴上，把他奉為

---

[254]　Funk & Wagnalls New Encyclopedia, Vol 17, USA: Funk & Wagnalls Corp，第113 頁。

神明。但是，馬奎斯卻推崇現實主義、寫法簡潔的毛姆[255]。這是很怪的一件事──就跟毛姆的作品一樣，充滿著譏諷。

　　還有，中國頂尖作家張愛玲，也是個名符其實的「毛姆迷」。張愛玲曾被在哈佛執教的王德威，冠為「祖師奶奶」。但這個祖師奶奶，卻也是有爺爺的。除了曹雪芹以外，我認為就是此人了。為什麼這麼說呢？首先，張愛玲不但喜歡閱讀毛姆，而且把他當成寫作的「前輩」這件事，從現有的文字中，是可以輕易地證明的。有姐姐早年生活一手資料的張子靜，就印證道：

　　我父親雖有不良的嗜好，但也很愛看書。他的書房裡有中國古典文學，也有西洋小說。姐姐在家的時候，沒事就在書房看書，也常與父親談一些讀書的感想[256]。至於外國文學，我印象較深刻的是她看過《琥珀》（*Forever Ember*）……至於詹姆斯・希爾頓（James Hilton）的《消失的地平線》（*The Lost Horizon*），她也覺得某些描繪「使人渾身發冷，好像跌進了冰窖。」她還介紹我看毛姆和歐亨利的小說，要我留心學習他們的寫作方法[257]。

　　從這段文字，我們可以知道，張愛玲雖有許多喜歡的西

[255] 馬奎斯說毛姆是「他最喜愛的作家之一。」（"One of my favourite writers."），見 Maugham, S., Collected Short Stories, Vol 4, Vintage Classics, UK: 2002。
[256] 張子靜：《我的姐姐張愛玲》上海：文匯，2003，第 62 頁。
[257] 張子靜：《我的姐姐張愛玲》上海：文匯，2003，第 94 頁。

洋作家，但如果親弟弟要「學習寫作的方法」，那她就苦口婆心，勸他要注意「毛姆」（與歐亨利）。

再者，張愛玲在《小團圓》裡，批港大英國人文系主任的太太「像小母雞」時，也情不自禁地想起了毛姆也曾對這種舉止下過評語——可見她熟讀毛姆：

當然他們都喝酒。聽說英文系主任夫婦倆都是酒鬼。到他們家去上四人課，有時候遇到他太太，小母雞似的，一身褪色小花布連衫裙，笑吟吟的，眼睛不朝人看，一溜就不見了。按照毛姆的小說上，是因為在東方太寂寞，小城生活苦悶[258]。

再有一力證就是，他的弟弟在四十年代因為不想讓姐姐專美於前，也想獨立門戶，就與國中同學合辦了一本叫《颸》的月刊。他邀姐姐拔刀相助，為他們寫稿受拒後（理由是：她不能給不出名的刊物寫稿），只好自己在裡面寫了一篇1,400字的、命題為〈我的姐姐張愛玲〉的短文[259]以壯聲勢。張愛玲最後也給了他一張自己畫的、叫《無國籍的女人》的素描配在版面上，以吸引讀者[260]。

其實，張子靜這篇遺稿，寫得活潑有趣，頗得張愛玲的真傳——只是他被姐姐的光芒大大地蓋過了，大多數人只把

[258]　張愛玲：《小團圓》臺北：皇冠，2009，第49頁。
[259]　張子靜：《我的姐姐張愛玲》上海：文匯，2003，第128-130頁。
[260]　張子靜：《我的姐姐張愛玲》上海：文匯，2003，第126-127頁。

此文當成研究張愛玲的資料看待。在《我的姐姐張愛玲》，張子靜談到姐姐的「最愛」時，不假思索地「爆料」——說她喜歡「《紅樓夢》跟 Somerset Maugham 寫的東西」：

> ……她能畫很好的鉛筆畫，也能彈彈鋼琴，可她對這兩樣並不感興趣，她還是比較喜歡看小說，《紅樓夢》跟 Somerset Maugham 寫的東西她頂愛看……她現在寫的小說，一般人說受《紅樓夢》跟 Somerset Maugham 的影響很多……。[261]

末句的「她現在寫的小說，一般人說受《紅樓夢》跟 Somerset Maugham 的影響很多」，也說明了當時文藝界的看法。《紫羅蘭》主編周瘦鵑，第一次刊登張愛玲的小說《沉香屑・第一爐香》時，在編者按語中，寫出了他的讀後感，說他看了《沉香屑》書寫香港經驗「特殊情調」的內容後，「為之驚嘆」。張子靜又說，周瘦鵑也認為「《沉香屑》很像毛姆的作品」：

> 一個星期後，姐姐又去見周瘦鵑，聽他對《沉香屑》的讀後感。周瘦鵑告訴她《沉香屑》很像毛姆的作品，而又受一些《紅樓夢》的影響[262]。

---

[261] 張子靜：《我的姐姐張愛玲》上海：文匯，2003，第 129 頁。

[262] 張子靜：《我的姐姐張愛玲》上海：文匯，2003，第 120 頁。

■ 毛姆到底寫些什麼？

毛姆南洋作品　夏蔓蔓攝

　　寫到這裡，我們可以看到，過去有好些人都說張愛玲「像毛姆」。但是，卻從來沒有人去真正說明到底像在哪裡？我想說：張愛玲很多作品「像毛姆」的主要一環，就是作品裡那獨特的「南洋書寫」元素與情結。

　　且來先看看毛姆一生到底寫了什麼作品。美國著名的出版商 Random House（Vintage Classics）於 2002 年推出了一大系列、類似「毛姆全集」的小說、散文、戲劇、雜文等，共32 本，「書單」如下：

書名			
1	Of Human Bondage	17	On a Chinese Screen
2	The Moon and Sixpence	18	Catalina
3	The Narrow Corner	19	Up at the Villa
4	Cakes and Ale	20	Mrs Craddock
5	The Painted Veil	21	Liza of Lambeth
6	Collected Short Stories Vol 1	22	Ten Novels and Their Authors
7	Collected Short Stories Vol 2	23	A Writer's Notebook
8	Collected Short Stories Vol 3	24	The Casuarina Tree
9	Collected Short Stories Vol 4	25	Christmas Holiday
10	Ashenden	26	The Magician
11	South Sea Tales	27	Points of View
12	Far Eastern Tales	28	Selected Plays
13	More Far Eastern Tales	29	Theatre
14	For Services Rendered	30	Then and Now
15	The Merry-Go-Round	31	The Vagrant Mood
16	Don Fernando	32	The Summing Up

在這個名單中，奠定毛姆在文壇地位的經典作品為長篇小說 *Of Human Bondage*（1915）（中文譯本為《人性枷

鎖》[263]）與 *The Moon and Sixpence*（1919）。他在 1921 年，
開始書寫短篇小說 —— 因為反映理想，於是一生共寫了十幾
冊，包括 *The Trembling of a Leaf —— Little Stories of the South
Sea Islands*（1921）。他也寫了兩本遊記（travel books），那
就是 *On a Chinese Screen* 與 *Don Fernando* 與兩本自傳，*A
Writer's Notebook* 與 *The Summing Up*。值得一提的是，他的
經典長篇小說 *Of Human Bondage*（1915）是一本用小說方式
寫的自傳。這令我們想起張愛玲，也大概是同一文類的《小
團圓》。

　　從這裡，我們可以說毛姆是一位勤奮、多產的作家。他
的作品內容包羅萬象 —— 但我們單單從題目，也可以看出
有很多書寫遠東、中國、南洋地段的故事與文章，比如：散
文式的遊記 *On a Chinese Screen*（中文譯本為《在中國屏風
上》[264]），短篇小說 *South Sea Tales*（南洋故事），*Far East-
ern Tales*（遠東故事）等等。*Collected Short Stories Vol 4*（短
篇小說集：第四冊），更是一本專寫二戰前馬來亞的書。毛姆
在前言這樣介紹這本書：

　　In this final volume I have placed the rest of my sto-

---

[263]　威廉·薩默塞特·毛姆（William Somerset Maugham）：《人性＝枷鎖》臺北：
　　　　漢風，1988。
[264]　威廉·薩默塞特·毛姆（William Somerset Maugham）：唐建清譯《在中國屏
　　　　風上》上海：譯文，2006。

ries the scene of which is set in Malaya. They were written
long before the Second World War…

翻譯為中文大概是：

關於我其他的，背景設在馬來亞的故事，我就把它們全
部置在此書（末冊）裡頭。它們是我在二戰前 —— 很久很久
之前 —— 寫下來的……

毛姆所以會寫出許多這樣的小說，是因為他曾有很長的
一段時間逗留馬來亞、香港、中國等地 —— 在本地人、雜種
人、白人的圈子，都有所見聞 —— 加上他自己許多「獨家」
的高明見解，以及靈活的筆觸 —— 於是一篇篇動人的小說散
文，就應運而生了。

這裡就以一篇著名短篇小說 *The Book-Bag*《書袋子》為
例，看看毛姆的葫蘆裡，賣的是什麼藥 —— 而張愛玲當年之
愛，又為何物？

毛姆在小說裡說的是一個旅居南洋、喜歡閱讀的英國作
家，來到了馬來亞。他後來應了一位英國高級官員之邀，到
他家裡去做客。他以作家身分受到禮待，周旋於當地的上流
社會 —— 常常到高級名流社交會所去喝 gin pahits（一種英
國人喜歡的苦酒）、打橋牌、交流。就連當地的 Sultan（蘇
丹），也買他的帳 —— 把自己寶貝的 White Malaccas（「白
馬六甲」—— 馬六甲出品，用輕便耐用的 Calamus Scipionum

藤做成的手杖），拿出來給他參觀。在會所裡，他遇到了個不安的、牛津出生、經營大型園丘的牌友。原來他從前有過一段痛苦的戀情。他本來有個未婚妻——一個文靜美麗、來馬來亞度假的英國少女。哪知此女愛的卻是自己的親哥哥。不但不肯與他親熱——就是連訂婚，也是為了報復哥哥有了愛人。她最後企圖自殺。

　　從上面這個簡述，可見毛姆因為自身的豐富經歷，成功用文字細心勾畫出一幅英國殖民地時代的南洋做為故事的背景，然後讓一個個驚心動魄的愛情傳奇徐徐地在這裡開幕。毛姆提到的 gin pahit，在英國叫 dry gin——當時居南洋的英國人，把 dry 字去除，換為馬來語的 pahit——都是「苦」的意思。這就反映了當時的馬來亞民情。我想，可能是為了配合從前英文不大行的調酒師——怕他拿錯了自己喜歡的酒。還有 Sultan、White Malaccas 這樣具有地域性人與物的名詞，也讓他的小說散發了南洋情調。

　　張愛玲的作品，也明顯地帶著這樣的情結與意象 [265]。我們在此書的第一到第四章，已經詳細談過了，在這裡也不用再重複了。雖然毛姆能夠親自到南洋去身臨其境，而張愛玲卻沒到過南洋——但南洋可是有到過張愛玲那裡去——

---

[265] 其實，我個人覺得張愛玲的《第二爐香》（收錄於——張愛玲：《傾城之戀——張愛玲短篇小說集之二》臺北：皇冠，1991，第 316 頁）跟毛姆的《書袋子》的內容，有許多雷同之處——當然這是題外話。

在港大,有很多南洋華僑跟她一起讀書,甚至在二戰中一起出生入死。所以,她的南洋描述,也算是從第一手資料而來 —— 精準性極高。例如:她在《紅玫瑰與白玫瑰》形容南洋聞名的「沙籠布」是什麼樣子的,就帶出了熱帶那種野性的、龍盤虎踞、樹茂藤飛的味道 —— 叫人讀其文若見其物,留下深刻印象:

不知可是才洗了澡,換上一套睡衣,是南洋華僑家常穿的沙籠布製的襖褲,那沙籠布上印的花,黑壓壓的也不知是龍蛇還是草本,牽絲攀藤,烏黑裡綻出橘綠……[266]

其次,張愛玲也極可能從她母親身上,得到了許多關於南洋的資料。如上面所述,她的母親黃素瓊曾在馬來亞與新加坡長期逗留。母親從南洋回上海小住,一定會跟張愛玲大談特談她的「南洋歷險記」。雖然這算是第二手資料,但聰慧的張愛玲發揮了非凡的想像力,寫出來的東西就很有看頭了。比如,在寫〈傾城之戀〉的時候,她用柳原喝完了的茶杯底下,黏在玻璃的綠色的茶葉,來做為「馬來亞熱帶野性的森林自然狀態」的意象,就很別緻又貼切:

吃完了飯,柳原舉起玻璃杯來將裡面剩下的茶一飲而盡……只管向裡看著。流蘇道:「有什麼可看的。讓我也看

---

[266] 張愛玲:《傾城之戀 —— 張愛玲短篇小說集之一》臺北:皇冠,1991,第69頁。

看。」柳原道：「……裡頭的景緻使我想到馬來的森林。」……綠色的茶葉黏在玻璃上，橫斜有致，迎著光，看上去像一顆生生的芭蕉。底下堆積著的茶葉，蟠結錯雜……[267]

在內容情節方面，毛姆的短篇小說主情節大都圍繞著居留南洋之男女，兩者之間不尋常的糾纏和繾綣，甚至有點不清不楚的關係進行的。然後，這種關係從旁引出許多曲折衝突，高潮起起伏伏，最後則來一個不可思議的、爆發性的結局 —— 來牽動讀者的心情。就像上面的毛姆的《書袋子》為例。一位旅居馬來亞、經營園丘的英國人，愛上了一位從英國來的少女，本來只想好好地、單純地戀愛，然後結婚生子 —— 直截了當。但是，又有誰會知道這位甜蜜的少女，會是個有點變態的、迷戀自己親哥哥的人呢？又有誰會料到她是為了報復而答應結婚的呢？最後，當然是以「悲慘」收場。

張愛玲的小說，也有類似的情節。好像《紅玫瑰與白玫瑰》，作風很洋派的南洋女子王嬌蕊，跟一個中國傳統思維的佟振保，談一場轟轟烈烈的戀情 —— 那後果讓人心驚肉跳，也是意料之內了。最後的結局，素靜老實的白玫瑰，竟是偷情者，而紅玫瑰卻原來是位好母親，那更是叫人跌破眼鏡。〈傾城之戀〉也是一樣。馬來亞富裕但性格複雜的浪子范柳原，跟有傳統文化為後盾的中國貴族女子白流蘇談心 —— 那

---

[267] 張愛玲：《傾城之戀 —— 張愛玲短篇小說集之一》臺北：皇冠，1991，第211-212頁。

一定是到處都有戲。後來又來了位印度公主來「攪局」，各國風雲四起，戰火連天。到最後，范柳原不是因為別的，而是因為戰爭爆發，城邦已傾，眼看唯一能夠為自己做「精神分析」的白流蘇可能會永遠不再 —— 緊張起來才求婚的。這種結婚的理由，也算是特別的了。

一地的彩紙屑

　　張愛玲沒有到過南洋 —— 那麼，她「書寫南洋」穩固的基礎，到底是建在哪一塊磐石上呢？從上面的分析與探測得知，她那鮮麗的、源源不斷的南洋書寫，很可能是來自三方「靈感泉源」：(一) 她二戰在港大曾會晤過一位帶給他初戀心情的南洋華僑男孩子；(二) 她深受與南洋關係密切的母親影響；(三) 她受到喜愛的「南洋達人」作家毛姆感染。

　　這三股力量，互滲互透糾纏在一起 —— 像點燃之後的爆竹 ——「劈里啪啦」過後滿滿一地的、令人精神一振的彩紙屑。一篇篇滿是南洋風味的故事與文章，就應運而生了。

第六章
「知識分子」張愛玲

　　這些所謂的「張愛玲南洋書寫」或「南洋元素高含量之作品」，在中國文學史上，到底有什麼價值？又能帶來怎樣的意義？

張愛玲「南洋書寫」的歷史文化價值與意義

綜合前文所述，在這裡總結一下，第一章到第四章已討論過的，張愛玲含有南洋元素與情節的各文類主要作品：

文類	題目	南洋元素／情結	出版日期
小說	《紅玫瑰與白玫瑰》	女主角是南洋華僑 大量南洋文化描述（如言語、服裝、飲食等）	1946 年 11 月，收錄於《傳奇》增訂版
小說	〈傾城之戀〉	男主角是南洋華僑 大量南洋文化（如言語、飲食等），地理生態描述（如雨林、動植物等）	1944 年 8 月收錄於《傳奇》
小說	《沉香屑·第一爐香》	南洋土產描述	1944 年 8 月收錄於《傳奇》
小說	《茉莉香片》	女主角為「南國」女子所生	1944 年 8 月收錄於《傳奇》
小說	《心經》	南洋人物描述	1944 年 8 月收錄於《傳奇》
小說	《第二爐香》	南洋就業機會描述	1944 年 8 月收錄於《傳奇》

文類	題目	南洋元素／情結	出版日期
散文	〈燼餘錄〉 〈談跳舞〉 〈洋人看京戲與其他〉	大量南洋人物、歷史與文化描述	1945 年 1 月收錄於《流言》
電影劇本	《情場如戰場》	男配角是南洋華僑	1957 年
電影劇本	《人財兩得》	女主角的親戚是南洋華僑，自己也應該是南洋華僑	1958 年
電影劇本	《六月新娘》	男主角為南洋華僑	1960 年
電影劇本	《一曲難忘》	男主角可能是南洋華僑，男女主角最後到南洋定居	1964 年
自傳	《小團圓》	大量南洋人物、文化描述。	2009 年 3 月

　　在第五章，我也進行了哪些因素可能成為張愛玲「內在推動力／動因」的考釋。在最後的第六章，要分析的是一個更為重要的命題 —— 那就是：這些所謂的「張愛玲南洋書寫」或「南洋元素高含量之作品」，在中國文學史上，到底有什麼價值？又能帶來怎樣的意義？在「文學作品在文學史上的價

值與意義」這個課題上，可談的當然是無盡無限 [268]。但是，
因為此書的題目為《南洋與張愛玲》，有它的區域特殊性，我
就「小題大作」，把焦點聚焦在跟內容關係比較密切的（一）
歷史；與（二）文化，兩個專門領域，來探討張愛玲的南洋元
素作品，可能為中國文學史所帶來的價值與意義。

歷史價值與意義

張愛玲的散文《詩與胡說》，有一段落給我留下了深刻的
印象。在文中，張說她讀了一首日文翻譯過來的詩 [269]，但是
因為看來看去看不懂，就問她認為是「小型知識分子」的姑
姑張茂淵 ── 後者也認為這首詩根本就是在胡說八道 [270]。
翻譯這首詩的人是誰呢？是公認為「大型知識分子」── 魯
迅的弟弟周作人。雖然「知識分子」這個源於西方的名詞定
義很複雜，但是張愛玲在這裡的意思，指的大概是廣義的
「intellectual」一詞，那就是「a smart person who enjoys serious
study and thought」[271]（「一個真正傾心於深入讀書與思考之

---

[268]　例如，許子東：《張愛玲的文學史意義》香港：中華書局，2011，廣泛地談
　　　了張在文學史上的意義。

[269]　這首叫《苦竹》的「名詩」，如下：「夏日之夜，有如苦竹，竹細節密，頃刻
　　　之間，隨即天明。」

[270]　收錄於 ── 張愛玲：《張看 ── 張愛玲散文結集》（下冊）北京：經濟日報，
　　　2002，第 239 頁。

[271]　Merriam-Webster Dictionary, USA: Merriam-Webster Inc。

聰穎者」)。我記得南京大學有一位教授曾說過：當今世界上專家多，但是 intellectuals 卻沒幾個──我想他指的也是這個意義。他這番話我覺得說得很高明。我想，華人其實老早已有自己的說法──大概就是精簡的「博學」二字。

在這層意思上，說張愛玲是個「知識分子」──應該是貼切無愧的。為什麼能這樣說呢？她不是沒有修完香港大學的文憑嗎？但是，她沒念完是事出有因──因為二戰爆發──而不是因為念不上。本來張愛玲應該會在 1938 年，以「遠東第一名」的成績，考入倫敦大學 [272]。只是後來因歐戰，而決定入港大。因為在港大成績也不俗，如果有畢業，應該可免費去牛津大學深造：

1942 年夏天，我姐姐也因香港大學停課，輟學回到上海。那年她已大四，只差半年就可畢業。然而大環境使然，她亦只得暫別香港，回到上海這個孤島。……[273]

我後來問姐姐，回到上海後有什麼打算？她說，港大畢業本來還可免費去牛津大學深造（因為成績好），如今只剩半年，很想轉入聖約翰大學，「至少拿張畢業文憑」……「不過──學費。」她嘆了一口氣：「姑姑沒有錢。」……1942 年 2 月，姑姑和一千多位在華員工都被裁員 [274]。

[272] 張成：《北大學生最關注的 100 個人物》北京：中央編譯局，2015。
[273] 張子靜：《我的姐姐張愛玲》上海：文匯，2003，第 107 頁。
[274] 張子靜：《我的姐姐張愛玲》上海：文匯，2003，第 109 頁。

有鑑於此，張愛玲有考入頂尖大學的能耐是毋庸置疑的一點。更重要的是，跟很多作家相比，張愛玲的文章常常反映出她深入而獨特的思考 —— 觀點有時甚至帶點「預言色彩」。再者，她又有能力用精煉通達的文字，把觀點與想法傳達出去，觸動她眾多的讀者 —— 在這過程中，也許也有迷惑的心靈被喚醒、混沌的人生被重新開啟的時候。

我認為第一個「看」出張愛玲龐大潛力的，竟是她最嚴厲的批評者 —— 迅雨。這是很具諷刺性的。迅雨本名傅雷（1908-1966），是位大名鼎鼎的翻譯家 —— 其中曾翻譯了 15 種巴爾札克的小說到中國。

當年才二十幾歲的張愛玲，在上海文藝刊物上，只寫了寥寥幾篇小說、散文 —— 為什麼這樣的大人物，竟然會緊張兮兮寫了一篇嚴肅的評論，向張「烙狠話」呢？這樣一個現象，道理何在？我想，傅雷既是個外國文學翻譯家，接觸到的文學層面應該很廣。他大概是看出了張愛玲極大的潛能，知道她跟「鴛鴦蝴蝶派」不能相提並論，被驚動了，才開始長篇大論。但是，因為他用的是「老先生」強硬的口吻，所以就讓人有責之切之感了：

在一個低氣壓的時代，水土特別不相宜的地方，誰也不存什麼幻想，期待文藝園地裡有奇花異卉探出頭來。史學家或社會學家，會用邏輯來證明，偶發的事故實在是醞釀已久

的結果。但沒有分析頭腦的大眾，總覺得世界上真有魔術棒似的東西在指揮著，每件新事都像從天而降，教人無論悲喜都有些措手不及。張愛玲女士的作品給予讀者的第一印象，便有這情形[275]。

但是，這位批評家在文中有時卻也出爾反爾，一時又認為張的作品《金鎖記》，「該列為我們文壇最美的收穫之一[276]。」

這才是真心話。但是，要注意的是，傅雷上面這段話中，竟然用到了「史學家」與「社會學家」這樣的詞彙。這是為什麼呢？他也許從張愛玲的作品，看出了張愛玲有「史學家」或「社會學家」的傾向 —— 也許批評她只是因為他個人覺得張愛玲寫得還不夠專業，不夠傳統意義上的「學術」而已。

到了七十年代末，把張愛玲推薦到國際文壇的夏志清教授，在《中國現代小說史》[277]評論張愛玲短篇小說集《傳奇》的時候，更是肯定了張愛玲作品帶有歷史學的意味：

多少年來，（張愛玲）只以一本書出名：短篇小說集《傳奇》，其內容大多有關上海中上階級的生活以及中日戰爭時期香港的情形[278]。

---

[275]　張子靜：《我的姐姐張愛玲》上海：文匯，2003，第 137 頁。

[276]　張子靜：《我的姐姐張愛玲》上海：文匯，2003，第 137 頁。

[277]　夏志清：《中國現代小說史》香港中文大學，2001，2015，第 293 頁。

[278]　夏志清：《中國現代小說史》香港中文大學，2001，2015，第 293 頁。

　　夏志清在這段話裡所指的「內容大多有關……中日戰爭時期香港的情形」的張愛玲小說，我能想到的也就是南洋情結濃得化不開的〈傾城之戀〉。很明顯地，這篇小說早已被學術圈之佼佼者夏志清視為帶有實錄性質的「歷史意味的小說」了。

　　因為書的題目是《中國現代小說史》，夏教授當然就沒有深入考量張愛玲的散文。其實，如果〈傾城之戀〉有資格被看成帶有歷史色彩的小說，張愛玲的〈燼餘錄〉應該就更稱得上是寶貴的歷史文獻了。因為張愛玲在這篇文章裡沒有類似編年錄的嚴肅氣魄，而是用輕鬆的筆觸來寫二戰，可能會讓人誤讀為女兒家之胡言。中國歷史上傳統帶有歷史意味的文獻，向來不苟言笑、方方正正，比如《左傳》與《史記》。但是，在西洋文壇，這樣的寫法卻是結實纍纍，獨成一家。其中例子就是奧威爾（George Orwell）的散文。這位傑出作家的小說《一九八四》家喻戶曉。其實他也寫過很多經典的關於一、二次世界大戰的散文 [279]。

　　香港大學在 1998 年也出版了一本用英文書寫、類似張愛玲〈燼餘錄〉之文集 —— 這本由 Clifford Matthews 與 Oswald Cheung 編輯、題目叫 *Dispersal and Renewal：Hong Kong University During the War Years*（筆者譯為：《解散與重生：

---

[279]　其中一例為：Orwell, G., In Front of Your Nose 1945-1950 (Collected Essays, Journalism and Letters), D.R. Godine, 2000。

戰期間的香港大學》）的文獻 [280]，說的也跟張愛玲一樣是港
大二戰時的情形 —— 也被看待為學術文獻 —— 都是珍貴
的一手資料。在這裡，就摘錄書裡的幾個小段落，翻譯為中
文，然後再跟張愛玲的〈燼餘錄〉作個對比。也許這也是很有
意義的。

在《解散與重生》裡，一位跟張愛玲一樣命運，因戰事而
畢不了業的港大生，如此回憶道：

1941 年，我是香港大學畢業班的學生，當時我在準備
學期中旬大考，而且非常期待明年六月的教育本科文憑。但
是，人算不如天算，我自己的「教育」卻突然間因為日軍對香
港之侵略而被打亂了，這件事大大地，戲劇性地改變了我的
生命 —— 我在這之前 —— 快樂的人生 [281]。

又有一位跟張愛玲一樣，也是港大的「文科生」。他的
「實錄」也算是風趣樂觀的：

[280] Matthews, C., & Cheung, O., eds. Dispersal and Renewal: Hong Kong Univer-
sity During the War Years, Hong Kong University Press, 1998。

[281] Zaza Hsieh, 'My War Years in Hong Kong, China and India', Matthews, C., &
Cheung, O., eds. Dispersal and Renewal: Hong Kong University During the War
Years, Hong Kong University Press, 1998 at pp 39-50。原文為："In December
1941, I was a student in my final year at the University of Hong Kong, preparing
for the mid-sessional examinations, and eagerly looking forward to receiving my
BA degree in Education the following June. However, as fate would have it, my
own education was suddenly disrupted by the Japanese attack on Hong Kong,
an event that dramatically changed my life, which until then had been a happy
one."。

從天主耶教會辦的華仁中學畢業，然後持著政府獎學金進入香港大學的文學系 —— 對我而言，是個有點令人緊張失態的經驗。我去上第一堂課的時候，因為見到差不多二十位已坐在講堂裡談天，嬉戲，笑鬧 —— 差點引起小騷動 —— 的年輕漂亮女子，也就嘗到了魂不守舍的滋味。當然，也是有很多男人駐在堂裡的，但是因為有了大方豔麗的異性作伴，也就很難能注意到他們的存在了[282]。

有位從倫敦到港大教學，卻趕上了二次大戰的洋教授，也談了他怎樣加入了志願軍：

我生命後來的全部方向，皆被一封志日 1940 年 7 月接到的電報改變了 —— 那時，我才剛剛呈上倫敦大學關於諸多題材包括十七世紀英國內戰的博士論文。這篇論文是在很艱難的情況下完成的 —— 就在希特爾武備軍隊支部，野蠻地入侵一個又一個國家的時候。軍隊近得幾乎可以聽得見 —— 就在英國周邊海洋保護層的後面而已。那封電報是香港大學發出的，給了我一個三年之久的英文講師教職，條件是我必須參

---

[282] Patrick Yu, 'Wartime Experiences in Hong Kong and China (Part 1)', Matthews, C., & Cheung, O., eds. Dispersal and Renewal: Hong Kong University During the War Years, Hong Kong University Press, 1998 at pp 51-60。原文為："Entering the Arts Faculty of the University of Hong Kong as a Government Scholar from Jesuit-run Wah Yan College was for me a somewhat unnerving experiences. When I turn up for the first of my lectures, I was overwhelmed by the sight of nearly twenty pretty young ladies already seated in the lecture room, chatting, joking, laughing, and creating almost a minor disturbance. There were of course many male occupants in the room too, but in the company of the flamboyant members of the fairer sex, their presence became barely noticeable."。

加香港志願軍[283]。

對於熟悉張愛玲作品的讀者來說，看了這些文字，相信都會有種似曾相識的感覺 —— 因為張愛玲早在半個世紀前左右，已在〈燼餘錄〉裡，從不同的角度寫過這些題材了。比如說，張愛玲是這樣描繪港大學生活潑的氣質的：

戰爭開始的時候，港大的學生大都樂得歡蹦亂跳，因為十二月八日正是大考的第一天，平白地免考是千載難逢的盛事。那一冬天，我們總算吃夠了苦，比較知道輕重了。可是「輕重」這兩個字，也難講……去掉一切浮文，剩下的彷彿只有飲食男女這兩項。……香港的外埠學生困在那裡沒事做，成天就只買菜，燒菜，調情 —— 不是普通的學生式的調情，溫和而帶一點傷感氣息的。……[284]

港大華僑學生與教授二戰參加志願軍的事，張愛玲也有留下第一手的歷史紀錄。在〈燼餘錄〉裡，張寫了一個叫「喬

---

[283]　Norman H. MacKenzie, 'An Academic Odyssey: A Professor in Five Continents (Part 1)', Matthews, C., & Cheung, O., eds. Dispersal and Renewal: Hong Kong University During the War Years, Hong Kong University Press, 1998 at pp 25-38。原文為："The whole subsequent channel of my life was altered by a cable in July 1940 which I received shortly after I had handed in to the University of London a PhD thesis that involved, among many other things, the seventeenth-century English Civil War. It had been completed under severe difficulties, which Hitler's panzer divisions crashed their uncivil way into one country after another, almost within earshot, beyond Britain's insulating seas. The cable was from the University of Hong Kong, offering me a three-year lectureship in English, conditional upon my joining the Hong Kong Volunteers."。

[284]　張愛玲：《張看 —— 張愛玲散文結集》（上冊）北京：經濟日報，2002，第41頁。

納生」的男同學，在二戰時加入志願軍，在九龍地區作戰的事蹟（詳情見第二章與第五章）：喬納生也是個華僑同學，曾經加入志願軍上陣打過仗……喬納生知道九龍作戰的情形。他最氣的便是他們派兩個大學生出壕溝去把一個英國兵抬進來——「我們兩條命不抵他們一條。招兵的時候他們答應特別優待，讓我們自己歸我們自己的教授管轄，答應了全不算話！」[285]

此外，張愛玲也曾談過港大教授入伍志願軍抗日的事件：

我們得到了歷史教授佛朗士被槍殺的消息——是被他們自己人打死的。像其他的英國人一般，他是被徵入伍。那天他在黃昏後回到軍營裡去，大約是在思索著一些什麼，沒聽見哨兵的吆喝，哨兵就放了槍[286]。

如果拿這些文字與《解散與重生》裡的文章對比一下，我們可以結論，張愛玲散文裡關於二戰的內容，準確性是極高的。這樣一來，她的這篇〈燼餘錄〉（還有〈談跳舞〉等），在史學上至少有兩個重要性，那就是作品裡記錄了南洋華僑在香港二戰時為香港抗敵流過的血汗與英國人在執行志願軍令的情形。張愛玲在寫這些「報告」時，用了一種客觀的眼

---

[285]　張愛玲：《張看──張愛玲散文結集》（上冊）北京：經濟日報，2002，第37頁。

[286]　張愛玲：《張看──張愛玲散文結集》（上冊）北京：經濟日報，2002，第35頁。

光 —— 雖然她對她的歷史教授被誤殺之事是惋惜悲傷的。

從張愛玲的二戰港大書寫，我相信參加志願軍的港大生，除了本地生，大多數應該就是南洋華僑。這也許是因為，馬來亞一帶也同樣淪陷了，回去也是一樣 —— 至少這裡有教授帶頭，群龍有首，軍力又較強，所以就決定留下來，在香港好好地跟日軍來一場生死戰。其實，他們也可以選擇苟且偷生 —— 但是他們沒有。這可能就是為何張愛玲特地為他們留下了充滿敬意的文字。

張愛玲在〈燼餘錄〉也記錄了二戰跟她一起在香港做一些義務看護或守城工作的馬來亞「異鄉的學生」的情形：

港大停止辦公了，異鄉的學生被迫離開宿舍，無家可歸，不參加守城工作，就無法解決膳宿問題。我跟著一大批同學到防空總部去報名，報了名領了證章出來就遇著空襲。我們從電車上跳下來向人行道奔去，縮在門洞裡，心裡也略有點懷疑我們是否盡了防空團員的責任。……[287]

在《小團圓》裡，又說華僑學生領袖怎樣擔任領袖，為無家可歸的外埠學生（包括張愛玲）弄吃的、弄喝的：

主持救濟學生的李醫生常陪著日本官員視察。這李醫生矮矮的，也是馬僑，搬到從前舍監的一套房間裡住，沒帶家

---

[287] 張愛玲：《張看 —— 張愛玲散文結集》（上冊）北京：經濟日報，2002，第 34 頁。

眷。手下管事的一批學生都是他的小同鄉……大家每天排隊領一盤黃豆拌罐頭牛肉飯……夜裡常聽見門口有卡車聲，是來搬取黑市賣出的米糧罐頭 —— 從英政府存糧裡撥出來的 [288]。

這樣的歷史資料，到現在為止，無論是英文或華文的歷史文獻，我還是第一次見到（如果真有的話，也應該是很少很少）—— 很可能成為極珍貴的「孤證」—— 只是等待有心人發掘而已。

從嚴肅的方面來看，張愛玲也為我們傳報了當時香港與新加坡的軍火力量：

幾個高年級生又高談闊論起來，說日本人敢來正好，香港有準備的，新加坡更是個堡壘，隨時有援兵來 [289]。

張愛玲用上面這種頗有開拓性的方式，來進行多面性的、精彩獨到的歷史實錄 —— 也許能夠為文學史寫上一頁新的意義 —— 也就不能不算是名符其實的知識分子了。她的這個本領，也是師出有名，有其傳承性。依〈燼餘錄〉與對應的《小團圓》文本，張愛玲在港大，有幸得到一位十分優秀的歷史教授之循循善誘 —— 這位教授就是上面已經提過的、參加自願軍卻被自己人誤殺的佛朗士（《小團圓》稱「安竹斯」）：

[288] 張愛玲：《小團圓》臺北：皇冠，2009，第 71-72 頁。
[289] 張愛玲：《小團圓》臺北：皇冠，2009，第 54 頁。

佛朗士是一個豁達的人，徹底地中國化，中國字寫得不錯（就是不大知道筆畫的先後），愛喝酒，曾經和中國教授們一同遊廣州……

他研究歷史很有獨到的見地。官樣文字被他耍著花腔一念，便顯得十分滑稽。我們從他那裡得到一點歷史的親切感和扼要的世界觀，可以從他那裡學到的還有很多很多，可是他死了 —— 最無名目的死 [290]。

文化價值與意義

如果從文化的視野觀望的話，張愛玲帶著南洋元素與情結的作品 —— 不論是小說、散文、戲劇，還是自傳小說／小說自傳 —— 都能挖掘出張愛玲對：（一）中國；（二）西方；與（三）南洋（跨文化的中西南洋合璧），三種不同文化之間的衝撞之深入對比與思考。

中國悠悠地度過了五千年的歲月 —— 戰事雖多，終究是要生活的。普通老百姓，方塊字還是照樣用，飯食、餃子照吃，龍井、黃酒照喝，唐詩宋詞照吟。社會制度三綱五綸，婚姻父母之命，修身而齊天下 —— 一切皆有定序，有它的道理。但是，到了張愛玲的時代，卻是個非同小可、大突變的

---

[290] 張愛玲：《張看 —— 張愛玲散文結集》（上冊）北京：經濟日報，2002，第35頁。

時代 —— 頃刻間，這麼長的日子，好像就這樣被一筆勾銷似的 —— 人心惶惶 —— 難道五千年來都做錯了嗎？尤其在張愛玲生活的上海，更是個中西文化衝突得最激烈的地區之一。

我想，張愛玲因為有詩禮大家的根底，雖然到她父母的手裡已然敗落了，但是她是有條件與能力鑑別的，中國傳統中那些已經慢慢地從手中溜脫而去的珍品 —— 而偏偏留下來的，又是抽鴉片、養姨太太這樣的渣滓。在散文《詩與胡說》[291]，她說她 ——「活在中國就有這樣可愛」、「我就捨不得中國」、「還沒離開家已經想家了」。她喜歡中國上等之物 —— 但又不得不承認西洋文化的強勢之處。偏偏張愛玲家族裡領先接受的，卻是「離婚」。在《小團圓》裡，九莉（張愛玲）的母親一面化妝一面告訴她跟父親離婚了，九莉倚門含笑說：「我真高興。」為什麼呢？因為「家裡有人離婚，跟家裡出了個科學家一樣現代化。」[292]

怎能不叫人百般無奈呢？

在這樣的大背景下，我們不難想像，為什麼張愛玲的作品，常常蘊藏著對文化衝突的考量。她的作品中最獨特之處是，除了中西文化，她更大量書寫很多人都沒有注意到的第三股力量 —— 那個時代南洋英屬殖民地處於特殊階層的華

---

[291] 張愛玲：《張看 —— 張愛玲散文結集》（下冊）北京：經濟日報，2002，第243頁。
[292] 張愛玲：《小團圓》臺北：皇冠，2009，第93-94頁。

僑，那種亦中亦西亦南洋的文化（詳文見第一章），而且還加上了自己的看法。從這個領域觀望，張愛玲作品裡的「南洋書寫」，加上做為對比的「上海書寫」作品，也許可歸類於跨學科、跨文化的後殖民地主義文學（Post-colonialism Literature）。雖然初期的後殖民地主義文學，一般會有「反殖民」之意，但張愛玲的作品更多的時候關注的是，西方帝國在半殖民地／殖民種族的身上，在文化、生活習慣與思想上，所產生的顛覆性的影響。但是張愛玲跟別的作者不一樣，最特別之處，就是 —— 她不但考慮了自身的、上海的初步文化轉型，也考量了南洋歷史已長達五百年的英屬殖民地（例子：馬來亞）一部分華僑的文化大變化。

就拿《紅玫瑰與白玫瑰》來說，不應該視它為一篇純粹、膚淺的男歡女愛小說。如果有注意到的話，女主角南洋華僑王嬌蕊，日常已經不吃飯，也不喝龍井了，就連筷子 —— 也給丟了。她要吃的是「薄薄的一片烘麵包、一片火腿，還把肥的部分切下來分給她丈夫」。她吃下午茶也是「西洋奶茶、酥油餅乾與烘麵包」。餐桌上總算有一樣東方的東西：「羊肉咖哩」，但卻也要「西吃」，就是說用西式的盤子刀叉來吃：

> 王家的飯菜是帶點南洋風味的，中菜西吃，主要是一味咖哩羊肉[293]。

---

[293] 張愛玲：《傾城之戀 —— 張愛玲短篇小說集之一》臺北：皇冠，1991，第61頁。

張愛玲這麼敏感的作家，如果在港大看到馬來亞華僑朋友這麼樣吃法，震驚過後，可能會聯想到這樣一個問題：如果西方文化在遠東一直強勢下去的話，南洋這樣的嚴重偏向西方的文化，會不會是遠東未來的一種「預告」呢？我在第一章已有分析 —— 王嬌蕊的祖先可能是馬六甲人。而馬六甲早在 1511 年，已受當時歐洲強勢國葡萄牙占領了，1641 年又來了荷蘭人。張愛玲四十年代在寫這篇小說的時候，馬來亞新加坡卻又變成了英國人的殖民地。這就是說，在短短的幾百年裡，中華文化在部分華僑身上已變得面目全非了。從另一方面看，張愛玲真的是先天下之憂而憂。到了今天，七十個年頭過去了 —— 她的「預言」成真 ——「全球化」各處爆發。古老的東方，當然也不能倖免。

張愛玲對這種現象的看法如何呢？依我看，她是心痛的。在她故事中華僑的典型，總是踽踽涼涼、尋尋覓覓 —— 有用不完的錢，但總是覺得心上有個缺口在受重傷 —— 永遠在尋根，永遠在問「我是誰？」例如：〈傾城之戀〉的范柳原，就一直反覆地對「中國人」白流蘇說：

我自己也不懂得我自己 —— 可是我要你懂得我！[294]

南洋紅玫瑰王嬌蕊如此前衛、亦中亦西亦番國的媳

---

[294] 張愛玲：《傾城之戀 —— 張愛玲短篇小說集之一》臺北：皇冠，1991，第209 頁。

婦 —— 來到了四十年代的「古老的東方」—— 振保固然中意，但他的母親卻不答應：

> 怎麼會淨碰見這一類的女人呢？難道要怪他自己，到處一觸即動？不罷？純粹中國人裡面這一路的人究竟少。他是因為剛回國，所以一混又混在半中半西的社交圈裡。在外國的時候，但凡遇見一個中國人便是「他家鄉遇故知」。在家鄉再遇見一個他鄉的故知，一回熟，兩回生，漸漸的也就疏遠了。 —— 可是這王嬌蕊，士洪娶了她不也弄得很好麼？當然王士洪，人家老子有錢，不像他全靠自己往前闖，這樣的女人可以是個拖累。況且他也不像王士洪那麼好性子，由著女人不規矩。若是成天和她吵吵鬧鬧，也不是個事……[295]

> 住院後，通知他母親，他母親當天趕來看他，次日又為他買了藕粉和葡萄汁來。嬌蕊也來了。他母親略有點疑心嬌蕊和他有些首尾，故意當著嬌蕊的面勸他：「吃壞肚子事小，這麼大的人了，還不知道當心自己，害我一夜沒睡好惦記著你。我哪兒照顧得了這許多？隨你去吧，又不放心。多咱你娶了媳婦，我就不管了，王太太你幫著我勸勸他。朋友的話他聽得進去，就不聽我的話。唉！巴你唸書上進好容易巴到今天，別以為有了今天，就可以胡來一氣了。……王太太你勸勸他。」嬌蕊裝著聽不懂中文，只是微笑。振保聽他母親的

---

[295] 張愛玲：《傾城之戀 —— 張愛玲短篇小說集之一》臺北：皇冠，1991，第63頁。

話，其實也和他自己心裡的話相似，可是到了他母親嘴裡，
不知怎麼，就像是玷辱了他的邏輯。他覺得羞愧，想法子把
他的母親送出去[296]。

不但母親不答應，就連整個社會也不答應：

事情已經發展到不可藥救的階段，他一向以為自己是有
分寸的，知道適可而止，然而事情自管自往前進行了。跟她
辯論也無益。麻煩的就是：和她在一起的時候，根本覺得沒
有辯論的需要，一切都是極其明白清楚，他們彼此相愛，而
且應當愛下去。沒有她在跟前，他才有機會想出諸般反對的
理由。像現在，他就懷疑自己做了傻瓜，入了圈套。她愛的
是悌米孫，卻故意的把溼布衫套在他頭上，只說為了他和她
丈夫鬧離婚，如果社會不答應，毀的是他的前途。

他在馬路上亂走，走了許多路，到一家酒店去喝酒，要
了兩樣菜，出來就覺得肚子痛。叫了部黃包車，打算到篤保
的寄宿舍裡去轉一轉，然而在車上，肚子仿佛更疼得緊[297]。

振保最後聽從母親的意見，娶了看起來白淨乖巧的白玫
瑰煙鸝，剛開始的時候，只有振保不滿意：

母親和煙鸝頗合得來，可是振保對於煙鸝有許多不可告

---

[296] 張愛玲：《傾城之戀 —— 張愛玲短篇小說集之一》臺北：皇冠，1991，第
80-81 頁。

[297] 張愛玲：《傾城之戀 —— 張愛玲短篇小說集之一》臺北：皇冠，1991，第
80 頁。

人的不滿的地方。……對於一切習慣了之後，她變成了一個很乏味的婦人[298]。

但是後來，母親對自己挑的白玫瑰，也一樣怨言四起——振保開始覺得他的犧牲不值得了：

振保的母親到處宣揚媳婦不中用：「可憐振保，在外面苦奔波，養家活口，回來了還得為家裡的小事煩心，想安靜一刻都不行。」這些話吹到煙鸝耳中，氣惱一點點積在心頭。到那年，她添了孩子，生產的時候很吃了些苦，自己覺得有權利發一回脾氣，而婆婆又因為她生的不過是個女兒，也不甘心讓著她，兩人便慪起氣來。幸而振保從中調停得法，沒有捉破臉大鬧，然而母親還是負氣搬回江灣，振保對他太太極為失望，娶她原為她的柔順，他覺得被欺騙了[299]。

白玫瑰後來更是跟了一個不成材、猥瑣，來家裡做衣裳的裁縫師有了糾葛。這裡也顯示出在張愛玲小說裡那個時代，所謂的「傳統中國女人」——也許像羅敷或孟姜女那類型的——柔情似水卻又堅韌忠心者，在中國就算有，也已經是很少的了。

《金鎖記》裡，從外國回來的白世舫，也面對同樣的擇偶

---

[298] 張愛玲：《傾城之戀——張愛玲短篇小說集之一》臺北：皇冠，1991，第84頁。
[299] 張愛玲：《傾城之戀——張愛玲短篇小說集之一》臺北：皇冠，1991，第85頁。

困境 —— 難找：

> 世舫拿上飯來胡亂吃了兩口，不便放下碗來就走，只得坐在花梨炕上等著，酒酣耳熱。忽然覺得異常的委頓，便躺了下來。捲著雲頭的黃梨炕，冰涼的黃藤心子，柚子的寒香……姨奶奶添了孩子了。這就是他所懷念著的古中國……他的幽嫻貞靜的中國閨秀是抽鴉片的！他坐了起來，雙手托著頭，感到了難堪的落寞[300]。

那麼，在這個新時代裡，要是怎樣的中華女子才不會失禮，才算是典範呢？以張愛玲的眼光來看，大概要是〈傾城之戀〉裡的白流蘇，才看得順眼，才算是「世界上最美的、真正的中國女人」。她必定要有書香詩禮，穿的是旗袍（而且是長袖長衫的「滿洲的旗袍」才算好），舉止要「有羅曼蒂克的氣氛」，最好再加上中國貴族血統。這樣一來，出門就算是遇上看輕人的、動不動講英文的印度公主薩黑荑妮，才能給她一個迎頭痛擊。但是，她也必須要有開闊的思維 —— 學學外國文化之產物如西洋舞則無妨。張說這樣的話，有的人聽起來可能認為有些小家子氣 —— 但是，如果深一層想想也不無道理 —— 在全球化的世界裡，各式各樣優異的文化互相角逐的大環境下 —— 不但要拿出最精華的部分做為基礎，也要交流、學習異國文化，才能站得住腳。

---

[300] 張愛玲：《傾城之戀 —— 張愛玲短篇小說集之一》臺北：皇冠，1991，第184頁。

　　那麼，南洋華僑那種「半路出家」的文化，可不可以當典範？張愛玲的觀點應該是：一般狀況下，他們的思想「還不夠」。她大概是覺得，在出現新秩序的世界裡，中華人應該將「傳統高等文化」做為後盾 [301] ── 但思想上，應該吸取洋人那種很客觀的、進取的態度。不然，她也不須寫〈洋人看京戲與其他〉這樣的散文了。洋人的眼光，有什麼地方是中國人或華僑不能及之處呢？依張的意見：

　　……多數的年輕人愛中國而不知道他們所愛的究竟是一些什麼東西。無條件的愛是可欽佩的 ── 唯一的危險就是：遲早理想要撞著了現實，每每使他們倒抽一口涼氣，把心漸漸冷了。我們不幸生活於中國人之間，比不得華僑，可以一輩子安全地隔著適當的距離崇拜著神聖的祖國。那麼，索性看個仔細罷！用洋人看京戲的眼光來觀看一番罷。有了驚訝與眩異，才有明瞭，才有靠得住的愛 [302]。

---

[301]　什麼是「傳統中的高等文化」呢？也許這是個眼光的問題。在〈洋人看京戲及其他〉（張愛玲：《張看 ── 張愛玲散文結集》（下冊）北京：經濟日報，2002，第 232 頁），張愛玲好像是覺得被擱置一旁的昆曲比被重視的京劇要好，頗有惋惜之情：「京戲的象徵派表現技術極為徹底，具有初民的風格，奇怪的就是，平戲在中國開始風行的時候，華夏的文明早已過了它的成熟期。粗鄙的民間產物怎樣能夠得到清朝末葉儒雅風流的統治階層的器重呢？紐約人聽信美術批評的熱烈的推薦，接受了原始性的圖畫與農村自製的陶器。中國人捨昆曲而就京戲，卻是違反了一般評劇家的言論。文明人聽文明的昆曲，恰配身份，然而新興的京戲裡有一種孩子氣的力量，合了我們內在需要。中國人的原始本性沒有被根除，想必是我們的文化過於隨隨便便之故。就在這點上，我們不難找到中國人的永久的青春的祕密。」

[302]　張愛玲：《張看 ── 張愛玲散文結集》（下冊）北京：經濟日報，2002，第226 頁。

這裡的意思大概就是，中國人可能會因為「太愛國」而失去了主觀性；而華僑則是因為不大懂內情，失去主觀性——也一樣看得不準。

但是，張愛玲也不把海外各國的華僑都歸為一類，而是把來自不同國度的華僑，寫成擁有不同文化、不同形象的人物。馬來亞華僑的形象，常常是橡膠園大王之子女。在文化方面，也顯得洋化與不拘小節，像《紅玫瑰與白玫瑰》裡的王嬌蕊，跟夫婿士洪在客人面前，像熱戀的情人一樣開玩笑，一點也不避諱——半點不懂什麼三從四德的，看得篤保這個「舊家庭裡長大的，從來沒見過這樣的夫妻」的旁人，面紅耳赤起來[303]。但是，至少她還是會寫自己的中文名字，也多少懂得中國食療的好處。

但是，電戲劇本《六月新娘》[304]裡的一個「二十七歲，膚色黝黑，菲律賓華僑，習音樂，人品介乎音樂家與洋琴鬼之間」的林亞芒，張愛玲卻說他的生活習染「完全洋化」。再者，劇本裡面一對夫婦，在背後議論他：「華僑也不一定有錢！」——言下之意，好像在比較馬來亞華僑與菲律賓華僑的經濟能力。其實，張愛玲這樣寫法，也許是有她偏見的地方——菲律賓也有很多經營大園丘、大生意的華僑——只

---

[303] 張愛玲：《傾城之戀——張愛玲短篇小說集之一》臺北：皇冠，1991，第62頁。

[304] 藍天雲編《張愛玲電懋劇本集》（第一集）香港電影資料館，2010，第70頁。

是，可能港大並不多見。因為菲律賓不是英屬殖民地，也許去美國留學的比較多。

此外，張愛玲在《六月新娘》這個電影劇本裡，也突出了另一位「美國華僑」——麥勤不同的文化觀點。張愛玲在「人物（出場序）」裡是這樣介紹這位戲份比較輕的小配角的：

三十二歲，身材粗壯，香港出生，十九歲時到外洋輪船上做事，14 年後衣錦還鄉，積了一些錢，想討一個太太，六分中國愣小子加上四分洋水手的氣味。

如果沒有上船的話，這位水手先生應該就住在「美國舊金山林肯街三百二十九號」舅舅家裡。張愛玲在劇裡「點鴛鴦譜」的時候，把「好」舞女白錦，塞給了麥勤——他也覺得可以接受。這表示這位航海的，算得上是位「美國華僑」的麥勤，思想是很開放自由的，沒有受到什麼傳統文化觀念的約束。

張愛玲在港大的時候，也很可能對來自殖民地的南洋華僑，日常生活中不再運用華文書寫、交談的狀況，沉思不已——以至於她常常把這樣的情形寫入了作品中，引發讀者的思考。比如，《紅玫瑰與白玫瑰》這篇小說，雖然張愛玲是用中文寫出來的，但故事裡的嬌蕊，大概是在用英語跟士洪振保交談。士洪對振保說：

你別看她（王嬌蕊）嘰哩喳啦的 —— 什麼事都不懂，到中國來了三年了，還是過不慣，話都說不上來[305]。

〈傾城之戀〉的范柳原也是用英語與薩黑荑妮公主交談：

薩黑荑妮公主伸出一雙手來，用指尖碰了一碰流蘇的手，問柳原道：「這位白小姐，也是上海來的？」柳原點點頭。薩黑荑妮微笑道：「她倒不像上海人。」……流蘇雖然聽不大懂英文，鑑貌辨色，也就明白了……[306]

在《小團圓》第二章裡，九莉（張愛玲）的「馬來亞華僑同學」彼此間也是用英文交談：

幾個高年級的馬來亞僑生圍著長桌的一端坐著。華僑女生都是讀醫的……平時在飯桌上大說大笑的，都是她們內行的笑話，夾著許多術語……她們的話不好懂，馬來亞口音又重，而且開口閉口「man!」[307]

不但是馬來亞華僑有這樣的現象，從《小團圓》中可見，張愛玲自己在上海姑姑的家，很多時候對曾出洋的姑姑說話也是用英語的：

「二嬸（張愛玲之母）哭了。」底下九莉（張愛玲）用英文

---

[305]　張愛玲：《傾城之戀 —— 張愛玲短篇小說集之一》臺北：皇冠，1991，第61頁。

[306]　張愛玲：《傾城之戀 —— 張愛玲短篇小說集之一》臺北：皇冠，1991，第207頁。

[307]　張愛玲：《小團圓》臺北：皇冠，2009，第47-48頁。

說:「鬧了一場。可怕。」[308]

但是，如此洋化的家，張愛玲有時卻覺得極彆扭。她去香港，母親、姑姑為她送行 —— 沒有「相見時難別亦難」—— 而是英式的握手、微笑、再見 —— 九莉（張愛玲）「差點笑出聲來」：

芯秋楚娣（張愛玲的母親與姑姑）送九莉上船，在碼頭上遇見比比家裡的人送她。是替她們補課的英國人介紹她們倆一塊走。芯秋極力敷衍，重託了比比照應她。船小，不讓送行的上船。她只笑著說了聲:「二嬸我走了。」「好，你走吧。」「三姑我走了。」楚娣笑著跟她握手。這樣英國化，九莉差點笑出聲來[309]。

當然，這是大約八十年前的上海 —— 那時候的南洋華僑已經無所謂了 —— 但上海還沒有習慣成自然。但是，如果看今天的遠東，大概也已經沒有誰會對「洋式」送別覺得唐突的了。反之，如果有人用梁山伯、祝英台那種「拜別」，「十八相送」，或學李白吟一首詩 —— 可能我們也會笑出聲來。深思這種現象其實是一件令人悲傷的事。張愛玲的書寫，尤其在這本書裡所論述、分析過的「南洋書寫」，在許多地方都記錄著這種地方性的語言與文化上的轉變。

---

[308]　張愛玲：《小團圓》臺北：皇冠，2009，第 289 頁。
[309]　張愛玲：《小團圓》臺北：皇冠，2009，第 152 頁。

　　我想，張愛玲對這樣的文化變形不能釋懷，常寄情於作品——是因為身為一個中華女兒，她惶恐地感受到西方文化的擴張，而自己喜歡的中華傳統文化之式微——至少在南洋華僑身上已經看到了——她的未來，是如何的呢？在《第一爐香》這篇小說裡，她寫葛薇龍，一個「極普通的上海女孩」，怎麼在香港變成「殖民地所特有的東方色彩的一部分」：

　　葛薇龍在玻璃門裡瞥見她自己的影子——她自己也是殖民地所特有的東方色彩的一部分，她穿著南英中學的別緻的制服，翠藍竹布衫，長齊膝蓋，下面是窄窄袴腳管，還是滿清末年的款式；把女學生打扮得像賽金花模樣，那也是香港當局取悅於歐美遊客的種種設施之一[310]。

　　這裡面好像有著無限的委屈！

半殖民地／殖民地文化轉型之省思

　　綜合上文所述，所得結論是：張愛玲雖為女子，卻也可說是個真材實料、跨學科文化、博學多才、眼光獨到的「知識分子」。

　　從歷史的領域來看，她有關香港二戰時期的「南洋書寫」（如〈燼餘錄〉、自傳等），應該都是第一手資料之實錄，而且

---

[310] 張愛玲：《第一爐香——張愛玲短篇小說集之二》臺北：皇冠，1991，第261頁。

含有許多「孤證」，所以來得特別珍貴、意義非凡。

從文化的角度來說，張愛玲的作品帶有後殖民地主義文學的色彩 —— 關注的是半殖民的／殖民地的文化轉型（如《紅玫瑰》〈傾城之戀〉〈洋人看京戲與其他〉等）。最特別之處，就是深刻反思南洋華僑與當時中國人文化上的變形，在必要之處，又將它們與中國真正傳統的文化進行對比。這樣的作法，也許張愛玲算是中國文壇的第一人。因為她的觀點不但獨特而且引人省思 —— 也就更加突出了她的作品在文學史上的價值。

我想，可能悠悠地度過了千年歲月後，如果世界還沒有被核彈炸得粉碎的話，就算人們可能已忘記了其他的名字，但是可能還是會有人，念念不忘著飄逸的詩聖李白與寫《紅樓夢》的曹雪芹。還有一位，不知會不會是張愛玲呢？

總結

　　多少年來，這些「南洋書寫」默默地躺在張愛玲喧譁的作品中，雖然寂寞，卻在中國文學史的歷史層面與文化層面上，創造了特殊的價值與意義。

綜合前文所述，南洋元素在張愛玲的小說、散文、電影劇本與自傳小說／小說自傳裡，蹤跡處處可尋。在張愛玲「揚名四海」的小說世界中，以南洋人物為主角的，有兩篇經典：《紅玫瑰與白玫瑰》與〈傾城之戀〉。《小團圓》更是深藏著「南洋密碼」。

這些「新發現」都是令人既驚艷又感慨千萬的。多少年來，這些「南洋書寫」，默默地躺在張愛玲喧譁的作品中，雖然寂寞但也安然無恙。可能也是到了應該甦醒、被發掘的時候了。

但是，張愛玲的靈感從何而來呢？為什麼張愛玲從沒到過南洋，但會寫出這麼多有「南洋元素」的作品呢？答案是：雖然張愛玲沒到過南洋，但南洋可是有到過張愛玲那裡去 —— 在香港大學念文科時，張愛玲與一班學醫的、出身富戶，但可能在張愛玲眼中帶點怪異與傳奇性的馬來亞英統殖民地華僑學生一起念書，甚至一起在二戰中出生入死，所以印象特別深遠。或許他們的真實故事，在某種程度上觸發了張愛玲的靈感，也讓張愛玲寫出了南洋紅玫瑰王嬌蕊與闊浪子范柳原的故事也說不定。

從現有資料中，也有跡象表明青春年華的張愛玲，也極有可能曾在戰時的香港大學，有過一段畢生難忘的「錯過了的初戀」 —— 而對象是一位南洋華僑「男孩子」。但終究是

「錯過了」,張愛玲停課回上海後,這個遺憾竟變成了一種無可奈何的「完全的等待」。這個從文字推測出來的新發現,確實讓人驚詫不已。

再者,很意外地,對張愛玲影響至深至遠的母親黃芯秋,也曾居留過馬來亞與新加坡。張愛玲也許從她身上聽了許多「東方美婦南洋歷險記」的故事,然後突發聯想,寫成南洋情調的文章。依據佛洛依德的精神分析法,像「初戀情懷」與「母親」(也見鮑比與愛因斯沃斯理論)這些巨大的力量與影響力,有可能在張愛玲的潛意識裡醞釀著、不得平復,而轉變成能量巨大的內在動力 —— 於是,張愛玲「自我」這一層次的「書寫南洋」靈感被啟發了 —— 異國特殊觀點之文章,則如清酒傾注不止。此外,她也受她喜愛的「南洋達人」作家毛姆的感染。

那張愛玲的「南洋書寫」在中國文學史上到底有沒有留下什麼特殊的價值與意義呢?答案是肯定的。從歷史領域觀來,張愛玲優秀的、關於二戰的「南洋人在港大」之實錄與小說,可以為「二戰歷史資料庫」,添上生動的一頁。因為作品裡的許多內容,皆來自一手資料,更添其珍貴。從文化的角度,張愛玲大量的「南洋書寫」,在很多地方表達了南洋英屬殖民地華僑的「文化轉變」 —— 語言與生活習慣皆有「跨文化」的跡象 —— 也就是說中國 —— 西洋 —— 南洋互滲

透 —— 出現了亦中亦西亦南洋的文化現象。張愛玲的思考，卻並不只是關注「南洋文化現象」而已 —— 她又常常將這類文化，對比四十年代上海那帶有西洋痕跡之文化，以及中國傳統裡她認為最精華、最寶貴，也最「應該」的部分 —— 引人沉吟深思。這樣特殊的寫法，也讓她的南洋作品帶有「後殖民地主義」的色彩。

張愛玲不但在這方面顯現出精細、卓越的思量，在學術上，她曾以遠東第一名的成績，考入倫敦大學，在香港大學又傳承良師，如果不是因為戰爭的話，可能已經獲得大學獎學金，再到牛津大學去深造了。雖為女子，但若稱其為在現代已寥寥可數、真正博學多才、跨學科的「知識分子」，可算是當之無愧。如果夏志清或胡適聽了這點，相信他們也會領首稱是，感到安慰。

如果真有遺憾的話，那就是張愛玲對南洋華僑的寫法，有點一概而論，沒有對不同源流的馬來亞華僑社會做出區分。殊不知她在香港遇見的人物，很可能只是一個很特殊的南洋峇峇娘惹支派而已（雖然因為通婚與各種原因，在二十一世紀裡要找尋真正的「峇峇娘惹」也不是一件容易的事了）。不知情的讀者，可能會以為南洋華僑個個都是口操英語、天天沙嗲咖哩當飯吃，日日穿美服，下午茶談戀愛，過其一生。這跟真實世界裡南洋複雜的多層次背景的華僑日常

生活，也有點出入。但因為張愛玲的作品確實很出色，一些理到情不到之處，大概也只能算是小小瑕疵而已了。卷末，就以張愛玲其中一個座右銘，畫上句點：

To read between the lines.

「要在兩行之間另外讀出一行」[311]。

---

[311] 張子靜：《我的姐姐張愛玲》上海：文匯，2003，第 132 頁。

參考文獻

原作

1. 張愛玲:《傾城之戀 ── 張愛玲短篇小說集之一》臺北: 皇冠,1991

2. 張愛玲:《第一爐香 ── 張愛玲短篇小說集之二》香港: 皇冠,1998

3. 張愛玲:《半生緣》臺北:皇冠,1983

4. 張愛玲:《怨女》臺北:皇冠,1983

5. 張愛玲:《惘然記》臺北:皇冠,1983

6. 張愛玲:《對照記》臺北:皇冠,1983

7. 張愛玲:《小團圓》臺北:皇冠,2009

8. 張愛玲:《異鄉記》北京:十月文藝,2009

9. 張愛玲:《少帥》臺北:皇冠,2014

10. 張愛玲:《張看 ── 張愛玲散文結集》(上、下冊)北京: 經濟日報,2002

11. 夏蔓蔓(梁秀紅):〈戲夢與蛻變:漫談張愛玲的《不了情》 電影劇本〉《香港文學》2016 年 4 月第 376 期

參考文獻

12. 楊曼芬：《矛盾的愉悅：張愛玲上海關鍵十年揭密》臺北：秀威，2015

13. 張成：《北大學生最關注的 100 個人物》北京：中央編譯局，2015

14. 高全之：《張愛玲學續篇》臺北：麥田，2014

15. 夏蔓蔓（梁秀紅）：〈南洋與張愛玲：略談張愛玲小說與散文中的南洋情結〉《香港文學》2014 年 12 月第 360 期

16. 劉紹銘：《愛玲小語》香港：海鷗，2013

17. 郭強生：〈張愛玲與夏志清〉《聯合文學》2013 年 2 月號

18. 陳子善：〈『張學』研究的一件大事〉《聯合文學》2013 年 2 月號

19. 孔慶茂：《流言與傳奇 —— 張愛玲評傳》北京：商業印務館，2013

20. 夏志清：《張愛玲給我的書信》臺北：聯經，2012

21. 林幸謙編：《傳奇。性別。系譜》臺北：聯經，2012

22. 莊信正：《張愛玲莊信正通訊集》北京：新星，2012

23. 陳子善：《沉香譚屑 —— 張愛玲的生平和創作考釋》香港：牛津，2012；上海：上海書店，2012

24. 許子東：《張愛玲的文學史意義》香港：中華書局，2011

25. 蘇偉貞：《長鏡頭下的張愛玲：影像・書信・出版》臺北：

印刻，2011

26. 高全之：《張愛玲學》臺北：麥田，2011

27. 張均：《張愛玲十五講》北京：文化藝術，2011

28. 蔡登山：《繁華落盡：洋場才子與小報文人》臺北：秀威，
2011

29. 聯合文學主編《張愛玲學校》臺北：聯合文學，2011

30. 惠靜〈中國現代女性文學批評的終點與起點 —— 評《浮
出歷史地表》〉，《翰林學院學報》，2011 年 5 月，第 21
卷第 3 期

31. 藍天雲：《張愛玲電懋劇本集》（第一至第四集）香港：
香港電影資料館，2010

32. 夏蔓蔓（梁秀紅）：〈小團圓之必要》〉《星洲日報》2010
年 9 月 19 日

33. 宋以朗編：《張愛玲私語錄》臺北：皇冠，2010

34. 沉雙編：《零度看張》香港中文大學，2010

35. 陳子善編：《研讀張愛玲長短錄》臺北：九歌，2010

36. 陶方宣編撰：《大團圓 —— 張愛玲和那些痴情的女人們》
北京：世界知識，2010

37. 張桂華：《胡蘭成傳：張愛玲一生的痛》長春：北方兒童
婦女，2010

參考文獻

38. 蔡登山：〈張愛玲和她的十七個作家朋友〉,《印刻文學
    生活誌》,2010 年 11 月號

39. 楊青泉：〈張愛玲研究的關鍵字 —— 張愛玲研究回顧〉
    《湖南工業大學學報》(社會科學版),2010 年 8 月第 15
    卷第 4 期

40. 黃紀剛：〈城市空間和文化批評 —— 以愛德華‧索雅為
    例〉《學理論》2010 年第 23 期

41. 陳子善：《上海的美麗時代》臺北：秀威,2009

42. 高全之：〈《小團圓》的一種讀法〉《文訊》2009 年
    11 月號

43. 許曉琴：〈對位閱讀:《東方學》與《文化帝國主義》〉《山
    東文學》2009 年 11 期

44. 張瑞芬：〈張愛玲小團圓今生今世對照記〉《聯合報》副
    刊,2009 年 3 月 7 日

45. 任茹文:《沉香屑裡的舊事 —— 張愛玲傳》北京：團結,
    2008

46. 李歐梵:《睇,戒:文學,電影,歷史》香港：牛津,
    2008

47. 李歐梵:《蒼涼與世故:張愛玲的啟示》上海：上海書店,
    2008

48. 李曉紅：《女性的聲音：民國時期上海知識女性與大眾傳媒》上海：學林，2008

49. 周蕾：《婦女與中國現代性 —— 西方與東方之間的閱讀政治》上海：三研，2008

50. 萬燕：《女性的精神 —— 有關或無關張愛玲》上海：同濟大學，2008

51. 蔣林：〈後殖民視域：文化翻譯與譯者的定位〉，《語言學研究》，2008 年 6 月號

52. 餘斌：《張愛玲傳》南京大學，2007

53. 李曉紅：《面對傳統的張愛玲》雲南：人民，2007

54. 蔡登山：《色戒張愛玲》臺北：刻印，2007

55. 劉川鄂：《張愛玲之謎》北京：中國書店，2007

56. 劉紹銘：《張愛玲的文字世界》臺北：九歌，2007

57. 劉紹銘：《到底是張愛玲》上海：上海書店，2007

58. 蘇偉貞：《魚往雁返 —— 張愛玲的書信因緣》臺北：允晨，2007

59. 郭延禮：〈二十世紀女性文學研究中的一個盲點 —— 評盛英、喬以鋼《二十世紀中國女性文學史》〉文藝研究，2007 年第 12 期

60. 李黎：《浮花飛絮張愛玲》臺北：刻印，2006

61. 陳子善編：《記憶張愛玲》山東：濟南畫報，2006

62. 鍾文音：《奢華的時光 —— 上海的華麗與滄桑》北京：中國旅遊，2006

63. 金宏達：《平視張愛玲》北京：文化藝術，2005

64. 馬歡（原作）萬明（校注）：明鈔本《〈瀛涯勝覽〉校注》北京：海洋，2005

65. 劉紹銘，梁秉鈞、許子東等編：《再讀張愛玲》濟南：山東畫報，2004

66. 王德威：《落地的麥子不死 —— 張愛玲與張派傳人》山東書畫，2004

67. 水晶：《為張愛玲補妝》，濟南：山東書畫，2004

68. 三閒：《上海紅顏往事》黑龍江：哈爾濱，2004

69. 程悅：〈他者之城：張愛玲筆下的香港傳奇〉《華文文學》，2004 年 1 月號

70. 周芬伶：《豔異 —— 張愛玲與中國文學》北京：中國華僑，2003

71. 李歐梵：《漫話老上海知識階層》上海：上海書店，2003

72. 林幸謙：《女性主體的記奠：張愛玲女性主義批評》桂林：廣西師範，2003

73. 包燕：〈從傳統走向現代 —— 張愛玲與鴛鴦蝴蝶派言情

小說之比較研究〉《浙江工業大學學報》（社會科學版），
2003 年 6 月第 2 卷第 1 期

74. 蘇偉貞：《孤島張愛玲 —— 追蹤張愛玲香港時期（1952-
1955）》臺北：三民書局，2002

75. 王寧：《文學與精神分析學》，北京：人民文學，2002

76. 陳子善：《說不盡的張愛玲》臺北：遠景，2001

77. 張均：《月光下的悲涼 —— 張愛玲傳》廣州：花城，
2001

78. 任茹文：《張愛玲傳》北京：團結，2001

79. 子通編：《張愛玲評說六十年》北京：中國華僑，2001

80. 於清：《尋找張愛玲》北京：中國友誼，2001

81. 陳存仁：《抗戰時代生活史》上海：人民，2001

82. 陳其國：《畸形的繁榮 —— 祖界時期的上海》上海：百
家，2001

83. 宋家宏：《走進荒涼 —— 張愛玲的精神家園》廣州：花
城，2000

84. 林幸謙編：《歷史，女性與性別政治 —— 重讀張愛玲》
臺北：麥田，2000

85. 林幸謙編：《張愛玲論述：女性主體與去勢模擬書寫》臺
北：麥田，2000

參考文獻

86. 水晶：《張愛玲的小說藝術》臺北：大地，2000

87. 梅君、淦欽：〈張愛玲作品中的漢語歐化〉《南昌教育學院學報》，2000 年 6 月號

88. 黃玲玲：〈六十年代以來張愛玲研究述評〉《百家春秋》，2000 年第 2 期

89. 陸堅心、完顏紹元：《二十世紀上海文史數據文庫》第六冊，上海：上海書局，1999

90. 楊澤編：《閱讀張愛玲》臺北：麥田，1999

91. 羅瑪編：《重現的玫瑰 —— 張愛玲相簿》北京：光明日報，1999

92. 夏志清：〈張愛玲給我的書信（八）〉《聯合文學》第 159 期，1998 年 1 月

93. 陸揚：《精神分析文論》濟南：山東教育，1998

94. 王德威：《眾聲喧譁：三十年代與八十年代的中國小說》臺北：遠流，1988

95. 邵迎建：《傳奇文學與流言人生》北京：三聯，1998

96. 董樂天編：《奧威爾文集》北京：中國國際廣播電臺，1997

97. 蔡風儀編：《華麗與蒼涼 —— 張愛玲紀念文集》臺北：皇冠，1997

98. 季季、關鴻編：《永遠的張愛玲 —— 弟弟、丈夫、親友筆下的傳奇》上海：學林，1996

99. 孔慶茂：《魂歸何處：張愛玲傳》海南：海地國際新聞，1996

100. 萬燕：《海上花開又花落 —— 讀解張愛玲》南昌：百花洲文藝，1996

101. 陳子善編：《作別張愛玲》上海：文匯，1996

102. 張建編：《張愛玲新論》臺北，畫泉，1996

103. 水晶：《張愛玲未完：解讀張愛玲的作品》臺北：大地，1996

104. 張子靜：《我的姐姐張愛玲》上海：文匯，2003

105. 陳子善編：《私語張愛玲》杭州：浙江文藝，1995

106. 蕭南選編：《貴族才女張愛玲》成都：四川文藝，1995

107. 張慶：《獨步紅塵：張愛玲的一生》長春：時代文藝，1995

108. 盧正珩：《張愛玲小說的時代感》臺北：麥田，1994

109. 金宏建、於青編：《張愛玲研究數據》福州：海峽文藝，1994

110. 孟悅、戴錦華：《浮出歷史地表》臺北：時報，1993

111. 於青：《天才奇女 —— 張愛玲》石家莊：花山文藝，1992

112. 胡蘭成：《今生今世》臺北：三三書坊，1990

113. 陳炳良：《張愛玲短篇小說論集》臺北：遠景，1985

114. 水晶：《張愛玲的小說藝術》臺北：大地，1983

115. 唐文標編：《張愛玲數據大全集》臺北：時報，1984

116. 楊翼編：《奇女子張愛玲》香港：奔馬，1984

117. 唐文標編：《張愛玲研究》臺北：聯經，1983

118. 唐文標編：《張愛玲卷》臺北：遠景，1982；香港：藝文圖書，1983

119. 林以亮（宋淇）：《昨日今日》臺北：皇冠，1981

120. 夏志清：《中國現代小說史》香港：友聯，1979；香港：中文大學，2001，2015

121. 唐文標：《張愛玲研究》臺北：聯經，1976

英文原作

1. Ainsworth, M.D.S., Patterns of Attachment, A Psychological Study of the Strange Situation, Hillsdale, NJ：Lawrence Erlbaum Associates, 1978

2. Ashcroft, B., Griffihs, G., & Tiffin, H. Key Concepts in Post-Colonial Studies, London : Routledge, 1998

3. Bergere, M., The Other China : Shanghai from 1919 to 1949, Howe, C., ed, Cambridge University Press, 1981

4. Bowlby J., Maternal Care and Mental Health, Geneva : World Health Organization, 1951

5. Cumo, C., Foods that Changed History, How Foods Shaped Civilization From the Ancient World to the Present, ABC-CLIO, 2015

6. Freud, S., The Interpretation of Dreams, Kessinger Publishing, 2004

7. Frost, M.R., & Balasingamchow, Y., Singapore : A Biography, Singapore : Editions Didier Millet, 2009

8. Funk & Wagnalls New Encyclopaedia, Vol 17 & 22, USA : Funk & Wagnalls Corp

9. Gunn, E.M. Jr., Unwelcome Muse : Chinese Literature In Shanghai and Peking 1937-1945, New York : Columbia University Press, 1980

10. Keane, A. and McKeown, P., The Modern Law of Evidence, Oxford University Press, 2012

參考文獻

11. Kennedy, J., History of Malaya, Kyle, Palmer & Co Ltd, 1919

12. Khoo, J.Y., The Straits Chinese：A Cultural History, Amsterdam：Pepla Press, 1996

13. Klarer, M., An Introduction to Literary Studies, 3rd Ed, London：Routledge, 2011

14. Lawrence, D.H., The Virgin and the Gypsy & Other Stories, Wordsworth Classics, 2004

15. Lee, K.Y., The Singapore Story：Memoirs of Lee Kuan Yew, Singapore：Marshall Cavendish, 2000

16. Main, M. & Solomon, J., Procedures for Identifying Infants as Disorganized / Disorientated during the Ainsworth Strange Situation, Greenberg, M.T., Cicchetti, D., & Cummings, E.M. eds, Attachment in the Preschool Years：Theory, Research and Intervention, Chicago University Press, 1990

17. Matthews, C., & Cheung, O., eds. Dispersal and Renewal：Hong Kong University During the War Years, Hong Kong University Press, 1998

18. Maugham, S., Collected Short Stories, Vol 4, UK：Vintage Classics, 2002

19. Mills, J.V., Eredia's Description of Malaca, Kuala Lumpur：MBRAS, 1997

20. Orwell, G. , In Front of Your Nose 1945-1950 (Collected Essays, Journalism and Letters), D.R. Godine, 2000

21. Randall, B., Modernism, Daily Time and Everyday Life, Cambridge University Press, 2007

22. Wheatley, P., The Golden Khersonese, Kuala Lumpur：University Malaya 2010

翻譯作品

1. 威廉・薩默塞特・毛姆（William Somerset Maugham）：唐建清譯《在中國屏風上》上海：譯文，2006

2. 西格蒙德・佛洛伊德（Sigmund Freud）：林塵等譯《佛洛伊德後期著作選》上海：上海譯文，2005

3. 西格蒙德・佛洛伊德（Sigmund Freud）：車文博主編《佛洛伊德文集》長春：長春出版，2004

4. 愛德華・W・薩依德（Edward W Said）：李琨譯《文化與帝國主義》北京：三聯，2003

5. 邁克・克朗（Michael Crang）：楊淑華、宋慧敏譯《文化地理學》南京：南京大學，2003

參考文獻

6. 保羅 - 羅宏‧亞舜（Paul-Laurent Assoun）：楊明敏譯《佛洛伊德與女性》臺北：遠流，2002

7. 愛德華‧W‧薩依德（Edward W Said）：王宇根譯《東方學》北京：三聯，1999

8. 艾勒克‧博埃默（Eleke Boehmer）：盛寧、韓敏譯《殖民與後殖民文學》瀋陽：遼寧教育，1998

9. 威廉‧薩默塞特‧毛姆（William Somerset Maugham）：《人性枷鎖》臺北：漢風，1988

10. 威廉‧薩默塞特‧毛姆（William Somerset Maugham）：周熙良譯《刀鋒》上海：譯文，1982

『沙揚』（sayang）是愛人的意思；

歌聲因為單調，更覺太平美麗。

—— 〈談跳舞〉

電子書購買

爽讀 APP

國家圖書館出版品預行編目資料

南洋與張愛玲——南洋印記及其文化意義：從
《紅玫瑰與白玫瑰》到《小團員》，深度解讀
張式文學中的南洋浪漫 / 夏蔓蔓 著 . -- 第一版 .
-- 臺北市：崧燁文化事業有限公司 , 2024.07
面；　公分
POD 版
ISBN 978-626-394-519-7(平裝)
1.CST: 張愛玲 2.CST: 現代文學 3.CST: 文學評
論
848.6　　　113009753

南洋與張愛玲——南洋印記及其文化意義：從《紅玫瑰與白玫瑰》到《小團員》，深度解讀張式文學中的南洋浪漫

臉書

作　　者：夏蔓蔓
發 行 人：黃振庭
出 版 者：崧燁文化事業有限公司
發 行 者：崧燁文化事業有限公司
E - m a i l：sonbookservice@gmail.com
粉 絲 頁：https://www.facebook.com/sonbookss/
網　　址：https://sonbook.net/
地　　址：台北市中正區重慶南路一段 61 號 8 樓
8F., No.61, Sec. 1, Chongqing S. Rd., Zhongzheng Dist., Taipei City 100, Taiwan
電　　話：(02) 2370-3310　　　傳　　真：(02) 2388-1990
印　　刷：京峯數位服務有限公司
律師顧問：廣華律師事務所 張珮琦律師

定　　價：350 元
發行日期：2024 年 07 月第一版
◎本書以 POD 印製
Design Assets from Freepik.com